感悟一生的故事

感悟 友情

曹金洪 编著

北方妇女儿童出版社
·长春·

图书在版编目（CIP）数据

感悟友情 / 曹金洪编著 . —— 长春 : 北方妇女儿童出版社, 2010.6（2024.3重印）

（感悟一生的故事）

ISBN 978-7-5385-4667-5

Ⅰ . ①感… Ⅱ . ①曹… Ⅲ . ①故事 – 作品集 – 世界 Ⅳ . ①I14

中国版本图书馆CIP数据核字(2010)第083494号

感悟友情

GANWU YOUQING

出 版 人	师晓晖	
策 划 人	陶 然	
责任编辑	于 潇 刘聪聪	
开 本	710mm×1000mm 1/16	
印 张	11.5	
字 数	200千字	
版 次	2010年6月第1版	
印 次	2024年3月第6次印刷	
印 刷	旭辉印务（天津）有限公司	
出 版	北方妇女儿童出版社	
发 行	北方妇女儿童出版社	
地 址	长春市福祉大路5788号	
电 话	总编办：0431-81629600	
定 价	49.80元	

前言

　　是浮华的风带不走燥热的怅然，是盲动的雷也震不醒驿动的灵魂。这世间的一切，太多的幻想，太多的浮华，太多的……只有呼吸着的每一天，才感受到她的价值，她的真实。此刻，生命对于我们来说，只有一次，可以把握，可以珍惜。

　　于万千红尘中，我们不停地奔波着，劳碌着，快乐着，也痛苦着，其目的就是为着生活，为着活着的质量。是血浓于水的亲情带着我们赤裸裸地来到这个尘世，当我们响亮的第一次啼哭，带给父母这一辈子最动听的音乐的同时，我们便与亲情紧密相连，永不可分了。也许前行的路荆棘丛生，也许前行的路坑坑洼洼，也许前行的路一马平川，但我们只要带着亲人们真切的惦念，带着亲人们殷殷的祈盼，就不会迷失前进的方向，就不会沉沦于泥潭沼泽里而不能自拔。

　　历经人生沧桑时，或许有种失落感，或许感到形单影只，这时，总会有一种朋友，无须形影相随，无须感天动地，无须多言，便心灵交汇，又能获得心灵的慰藉；在饱受风霜时，总会有一种朋友，无须大肆渲染，无须礼尚往来，无须唯美的表达方式，就能深深地感受到一种力量与信心，就能驱动前行的脚步。朋友无须多而在于精，友情也不必锦上添花，而在于雪中送炭。

　　童话故事里，我们经常看到王子吻醒了沉睡的公主，或是公主吻到中了魔法的青蛙，便可以幸福地结合在一起，永不分开。 在这世上，也许有一份真爱可以彼此刻骨铭心到地老天荒，也许有一种真情彼此生死相依到海枯石烂。而这份真情、这份真爱却因世事的沧桑而深入到人们的骨子里，成为人们心中永恒的痛。

　　爱，有时，真的就是一种感觉，一种魂牵梦萦的感觉；有时，真的就是一种意境，一种心手相携的意境；有时，又会是一种情怀，一种两情相悦的情怀……

也许，真的如他人所说吧，亲情、友情、爱情，抑或其他值得珍惜的情谊，只是一种修为。所有的绝美，也许应该有一个绝美的演绎过程。我们所能做的，就只有把这种"永存"记录下来，让更多人从中获得感悟，获得启迪。

岁月如歌，有一些智慧启发我们的思想；有一些感悟陪伴我们的成长；有一些亲情温暖我们的心房；有一些哲理让我们终生受益；有一些经历让我们心怀感恩……还有一些故事更让我们信心百倍，前进不止。一个个经典的小故事，是灵魂的重铸，是生命的解构，是情感的宣泄，是生机的鸟瞰，是探索的畅想。

这套丛书经过精心筛选，分别从不同角度，用故事记录了人生历程中的绝美演绎。

本套丛书共20本，包括成长故事、励志故事、哲理故事、推理故事、感恩故事、心态故事、青春故事、智慧故事、人格故事、爱情故事、寓言故事、爱心故事、美德故事、真情故事、感恩老师、感悟友情、感悟母爱、感悟父爱、感悟生活、感悟生命，每册书选编了最有价值的文章。读之，如一缕春风，沁人心脾。这些可贵的精神食粮，或许能指引着我们感悟"真""善""美"的真正内涵，守住内心的一份恬静。

通过这套丛书，我们不求每个人都幸福，但求每个人都明白自己在生活。在明白生命的价值后，才能够在经历无数挫折后依然能坦然地生活！

目录
Contents

🌂 友谊不上锁

朋友应该做的事情

让天使自由飞翔

友情如歌

友谊不上锁

　　朋友就像是夜空里的星星和月亮，彼此光照，彼此星辉，彼此鼓励，彼此相望。朋友像是被镶嵌在默默的关爱中，不一定要日日相见，永存的是心心相通；朋友不必曲意逢迎，点点头也许就会意了；有时候遥相辉映，不亦乐乎。

友谊不上锁

语 梅

　　我和军是从小一起玩泥巴长大的朋友。大学毕业后两个人在同一城市里工作。军经常来我家玩，我把门上的钥匙给了他一把，我的家几乎成了军的家，军对我家的情况了如指掌。我有了女朋友之后军依然是我家的常客。有一天女朋友那枚金戒指丢了，那是我们的订婚戒指，翻遍了整个屋子都没有找到。我问军是否见到了那枚戒指，军说没有，还帮我们找了半天。军走后女友怀疑是军所为，我说军不是那种人，女友说这段时间除了军再也没有外人来过。一星期过去了，戒指仍不见踪影。女友要求换锁，我不同意。她说我眼里只有军，没有她，便提出分手。

　　我只得换锁，换锁时军来找我，我很不好意思，军主动把钥匙交给了我，他说："为难你了。"听了军的话我羞愧难当，便拿起锤子砸新锁，被军劝住了，他说："完全没有必要砸，换就换吧，只要友谊不上锁。"我们会心地笑了。后来，有一次梳妆台下的水池堵塞，修理时我在水池管道中找到了那枚戒指，我想戒指肯定是女友洗脸时不慎掉入池中的。我顿时明白了，军对我的信任要远远高于一枚戒指，在友谊面前，一枚戒指算得了什么呢？

前年，我借钱开了一家酒店，刚开业那段时间生意很冷清，几乎要关门。但我发现每天晚上总有个人来买几瓶很昂贵的酒，但买完酒从来不在店里喝，提上就走。我问是何故，他说酒不是他买的，而是站在门口的那个人叫他买的，夜幕中我看清了站在门外的那个人的模样，是军！当时我感动得热泪盈眶，冲出门外和军紧紧地抱在了一起……

朋友不是在你成功时送你鲜花的那个人，而是垫在你脚下让你不断攀登的一块基石；朋友不是雨天你打的那把伞，而是将你头顶上的雨珠分摊在自己头顶的人；朋友不是门上那把只许自己进出的锁，而是给你更多阳光和空气的窗。

友谊不上锁！上了锁的友谊准会生锈啊！

心灵 寄语

朋友就像是夜空里的星星和月亮，彼此光照，彼此星辉，彼此鼓励，彼此相望。朋友像是被镶嵌在默默的关爱中，不一定要日日相见，永存的是心心相通；朋友不必曲意逢迎，点点头也许就会意了；有时候遥相辉映，不亦乐乎。

故人遥寄花瓣来

秋　旋

　　在大学里，总能触摸到那种"轻轻地我走了，正如我轻轻地来，我轻轻地招手，作别西天的云彩"的感受。随着铃声响起而聚散的同桌，缘分总是空灵得让人无迹可寻。面对课桌那边如走马灯般不断交换的面孔，咀嚼着心头不断涌起同桌感觉的落寞与孤独，我常会怀念高三时与同桌一起走过的日子……

　　我们并不是那种走到彼此心底深处的朋友，在不长的"举案齐眉"的日子里，不曾亲密得耳鬓厮磨。两人皆是弃理从文，半路出家到文科班的插班生，因为情况类似，个头又差不多，初来乍到的我们便被班主任指配为同桌。繁重的功课和对在原班级结下的友情的依恋，使我们不可能交给彼此充裕的时间。还来不及熟稔起来，一个月后座位又被重新组合了，我们在教室里的距离一下子增大了很多。

　　于是，在随后的交往中我们也只是像普通的同学那样礼貌地称呼彼此，云淡风轻地相视而笑。我以为这就是我们故事的终结——让友情失之交臂，毕业后慢慢将彼此淡忘。

　　谁知高考前的3个月，我们又被班主任以"一帮一"的方式组合到同一战壕里，我是那个被帮助的对象。当老师找我们谈话之后，我并没有对这种组合抱有多大希望：高考在即，每个同学都在全力以赴地以各自的方式埋头复习，但求明哲保身，谁还会有心思顾及到别人。

然而，她却出乎我的意料，自始至终都认真地执行着老师的"指示"，与我"并肩作战"——无数次牵引着我走过功课的迷津和心情的低谷。后来，她如愿以偿地考取了珞珈山下那所久负盛名的大学，我们再也没有见过面，但每年的春天我都会收到她寄来的樱花。

三年后，一个春寒料峭的日子，我不顾逃课有可能被查处的严重后果，穿着厚重的棉袄，逆着长江而上，只为同桌信中描述的美丽樱花、闻名遐迩的黄鹤楼、令人垂涎的武昌鱼，只为那段不曾褪色的故事，那个为故人遥寄花瓣的女孩子……

心灵 寄语

脑中还拥有那段珍贵的记忆，还有那一堆堆丢弃不了的试卷，还可以单纯地做着很多梦。高中有着太多难以丢弃的记忆，大学里的大家在向往着未来时拼命地回忆……

储蓄人生

诗 槐

　　人们在吃饱穿暖之后，知道了要储蓄，以便在需要的时候支取它，借助它走出困境。每当我清点一张张金额不大但令人鼓舞的存单时，心里就有一种感悟：人生，不也是储蓄吗？

　　一个人呱呱坠地，便开始储蓄真情。这一储蓄会伴随他或她走过一生。他们所储蓄的，是一种血肉相连的情感，是一笔超越时空的财富，无论离得多远，隔得多久，都可以随意支取和享用它们。有了亲情这笔储蓄，即使在物质上很贫困，精神上却是富有的；而不懂或丢失了亲情的储蓄，无异于泯灭了本性和良心。

　　友情，也是人生一笔受益匪浅的储蓄。这储蓄，是患难之中的倾囊相助，是错误路上的逆耳忠言，是跌倒时一把真诚的搀扶，是痛苦时抹去泪水的一缕春风。真正的友情储蓄，不是可以单向支取的，而要通过双方的积累加重其分量。任何带功利性的友情储蓄，不仅得不到利息，而且连本钱都会丧失殆尽。

　　爱情是一种幸福而艰苦的储蓄。一对陌路相遇的男女，婚前相恋固然需要执著的储蓄，而要在一个屋檐下应对几十年的风风雨雨，又需要储蓄多少和谐、多少默契、多少理解、多少扶助啊！这绝不是靠花前月下、甜言蜜语的一次性投入可以解决问题的。享用这笔储蓄如享用清冷中的一盆火、泥泞中的一缕阳光、患病时的一句深情的话语、彷徨时的一番温柔鼓励。爱情的常爱常新，需要月月储蓄，日日积攒。

学识的储蓄要锲而不舍。一个人从幼小到成熟的过程，就是不断地储蓄知识的过程。接受小学、中学、大学乃至更高的教育，这仅仅是储蓄知识的一个方面，重要的在于刻苦勤勉，日积月累，不断地充实和更新知识，坚持活到老，学到老，"储蓄"到老。

人生需要储蓄的东西很多。储蓄人生，就是要储蓄人生中那些最宝贵、最难忘、最精致的部分，储蓄一切至真至善至美。一个人懂得储蓄什么，并知道怎样去储蓄，实在是一种智慧与幸运。

在泥土里储蓄玫瑰的种子，我们将得到一座花园；在小河里储蓄一滴滴水珠，我们将会拥有一片浩渺的大海；在山冈上储蓄一棵棵幼苗，我们将会拥有一片莽莽苍苍的森林……

心灵 寄语

当人拥有了一切物质上的财富时，有谁想过，人要储蓄的是自己的一生，也是自己最重要、最精彩的一部分，那些关于友情、爱情、亲情……

六个馒头

千 萍

高一那年，年级组织去千岛湖春游。

那时候，我们年轻的班主任新婚度假，于是更为年轻的实习老师成了我们班的带队老师。实习老师一宣布这个令人兴奋的消息，教室里马上被大家的喧闹声炸响了。同学们纷纷问一些关于春游要注意的事项和所交的费用等问题，接着实习老师又问了一句："大家还有什么问题吗？"很长的时间，没有人举手也没有人站起来，这时谁也没有注意到角落里来自山区的那个女孩子，她微举着手，手指却颤抖着没有张开来，颤巍巍的嘴唇一张一合却没有声音。很久很久，女孩子站起来，用极低的声音问："老师，我可以带馒头吗？"一阵其实并没有恶意的笑声刺激着女孩子，她的脸通红通红的，低着头默默地坐下，眼泪无声地沿着脸颊流了下来。漂亮的女实习老师走过去抚摸着她的头说："放心，可以带馒头的，没事的。"

出发的前一天，女孩子拿着饭票买了六个馒头，然后低着头好像做贼似的跑回宿舍。宿舍里几个同学一边收拾春游要带的零食，一边还唧唧喳喳地讨论着什么。女孩子直奔自己的床，迅速地用一个塑料袋把馒头装了进去，女同学的讨论声似乎小了下去，而女孩子的眼眶却红了。

　　出发的那天下着雨，淅淅沥沥地洗刷着女孩子的心情，在她背包里有六个馒头。女孩子没有带伞，只好和别的同学挤在一把伞下，为了不因为自己而使同学淋湿，女孩子不住地把伞往同学那边移，等赶到千岛湖时，女孩子的一半身子已经被淋湿了，身上的背包也湿漉漉的。大家纷纷冲向饭馆吃饭去了，女孩子一个人待在招待所里，等大家都走完以后才从背包里取出馒头。可是，由于塑料袋破了一个洞，湿透背包的雨水将馒头泡透了，女孩子就这样一边流泪一边嚼着被雨水浸泡过的馒头。

　　女孩子还没有吃完一个馒头，同学们就回来了。她没有预料到她们会回来得这么快，来不及藏起湿透了的馒头，只好匆忙地往还没有干的背包里塞。班长妍突然说："哎哟，我还没吃饱呢，能给我吃一个馒头吗？"女孩子不好意思摇头但也没有点头，而妍已经打开她的背包啃起馒头来。其他几个同学也纷纷走过来拿起馒头一边嚼一边说，其实还是学校食堂做的馒头好吃。转眼，女孩带来的六个馒头都被同学们吃完了，女孩子看着空了的背包只有无声地落泪。

　　第二天，到了该吃早饭的时候，女孩子偷偷一个人走了出去。雨已经停了，女孩子的心却在落泪，如果不是自己央求父亲借钱交了车费，本来就可以不来的，可是山水那么秀美，女孩子怎么能不心动呢？女孩子在招待所附近的一座矮山上一边后悔一边默默地流泪。是班长妍最先找到女孩子的，妍拉起她的手就走，说："我们吃了你带来的馒头，你这几天的饭当然要我们解决呀！"女孩子喝着热腾腾的粥吃着软软的馒头，眼圈红红的。

　　后来总有人以吃了女孩子的馒头为理由请她吃饭，这使她不再嚼干涩难咽的馒头，使她可以和其他所有同学一样吃着炒菜和米饭。女孩子的脸上渐渐有了笑容，她默默接受了同学们不着痕迹的馈赠，默默地享受着这份单纯却丰厚的友谊。女孩子没有什么可用来感激她的同学，只有用更努力的学习，更积极地去帮助别人和总是抢先打扫宿舍卫生来表示她的感激。后来，这个女孩子不仅是班里

成绩最好的一个，也是人缘最好的一个。

因为女孩子知道，同学们给她的财富是任何东西都不能买到的善良和真诚。他们的友谊就像春天里最明媚的那一缕阳光照射在她以后的人生道路上。

心灵 寄语

在漫漫的人生路上，谁给过你温暖，谁在你困难的时候帮助过你？是朋友，是友谊的力量。同学们金子般的感情也让我为之动容，友情真的是人们一生的财富。

毕业的礼物

雨　蝶

　　四年寒窗，就要分别，我发现不少人都在准备毕业的礼物送给同学。但只有林志默默地坐在一边。我知道他来自边远的山区，家里穷，没有钱买礼物送给同学。

　　看到他这样，我们就停止了谈礼物的事。他见我们沉默了，就笑笑，说："我也要给大家一份礼物的。"我们劝他："没必要啊，有这份心意就行了。"他说："我是真心的。"

　　林志和我是一个寝室的。四年来，我们朝夕相处。因此，他的情况我比较清楚。

　　每次开学的时候，他都会从家里带两罐腌萝卜、腌咸菜来，不为别的，就为下饭。每天吃饭时，他只打饭，然后就回寝室吃他的腌咸菜。尽管如此，他还是节省着吃，尽量让腌咸菜吃得久一点儿。可再怎么节省也吃不了一学期呀。看到他学期末吃白饭的时候，同学们都会自觉地资助一点饭菜票给他，我因住在市内，时不时地会从家里带点鱼呀肉呀什么的，让他尝尝荤。星期天，我们住市内的同学，也会轮流邀他到家里玩，其实也有让他改善伙食的意思。

冬天的时候，他穿着单薄，同学们会把自己的衣服送给他，虽然都是旧的，可大家知道，这是林志需要的。可以说，四年来，班里35名同学，有34名帮助过他。

虽然家境贫寒，可林志学习很用功，在我们打牌、聊天、听音乐会或者谈恋爱的时候，他不是在教室就是在图书馆。而且，他还会把自己点点滴滴的感受写成文字，寄到报社发表。他用得到的稿费来交学费或买书，我们也曾戏言过要他请客，但我们一次也没真要他请过。我们知道，每一笔稿费对他来说都很重要。

毕业典礼就在我们的教室里举行，同学们互写赠言、互送礼物。四年里，虽然也有恩怨，也有辛酸，可想到马上就要天各一方，再也没有这样相聚一起的时光了，心头都不免有些酸楚。

这时候，我发现林志不见了。林志呢？正当我们要寻找他时，他却抱着一摞笔记本进来了。怎么这么俗呀？都毕业了，还给大家送笔记本？他没理会大家，往每人手里塞了一本。然后，走上讲台，打开笔记本并举着说："这是我四年来只是发表的作品，我精选了35篇出来，我发现，每个同学都给过我帮助，每个同学的关怀我都用笔记录了下来。我把它们复印并贴成了35个笔记本。大家给我的帮助我无以为报，但这些真挚的情感会一辈子留在我心里！"说完后他深深地鞠躬，久久没抬起头来。等他抬起头时，我发现他已热泪盈眶。

静，静得可以听到心跳的声音。我们都被感动了。我们当初的付出真的是微不足道，但我知道，因为有了这个特殊的礼物，我们之间的友情，变得更加珍贵了。

心灵 寄语

友情的伟大就在于无所欲无所求，它是一种拿任何东西都交换不来的真挚的感情，而同学之间的友谊又是最纯真的。朋友是生命中永久的财富，真诚不可亵渎。

信

晓 雪

他一定聚精神地在读着什么，因而我不得不敲了敲他汽车的挡风玻璃来引起他的注意。

他终于抬头看着我了。"能上您的出租车吗？"我问道。他点了点头。

当我在后座坐定时，他表示了歉意："真对不住，先生，我正在读一封信哩！"他的嗓音听起来像是患了感冒。

"家书抵万金嘛。"我说。估计他年龄在60至65岁光景，我猜测道："信是您的孩子——或者孙儿写来的吧？"

"不是家信，虽然可以说我们犹如一家人。"司机回答道，"艾特是我最老的老朋友了，以前我们一见面就一直以'老伙计'相称。唉，我就是不善动笔。"

"如今大家写信都不勤，"我说，"我想您认识他已很长时间了吧？"

"实际上我们从小就是好朋友。在学校里，我俩一直读一个班。"

"友谊地久天长，可真难得啊！"我叹道。

"不过最近这25年中，我们其实会面仅一两次，因为我搬了家，接着我们似

乎就断了联系。"他继续说着，"他生前可真了不起！"

"您说'生前'，那是……"

"他两星期前去世了。"

"真遗憾！"我说，"失去这么一个老朋友真够伤心的。"

他没有吱声。汽车向前开了几分钟，我俩都默默无言。当他再次启唇时，他几乎不是对我讲而是在自言自语："真后悔没给他写信！"

"是啊，"我附和道，"我们和老朋友写信都不太勤，不知怎的似乎总挤不出时间。"

司机耸了耸肩。"但以前我们总有时间，甚至在这封信上对此都提了一笔呢！"他边说边把信递给我，"请看吧！"

"谢谢，"我推却说，"读您的信不好吧，这可是私信。"

"请别介意，无所谓私信不私信的。读吧！"

信是用铅笔写的，开头的称呼是"老伙计"，第一句却似乎在提醒我："我一直想给你写信，但又没有动笔。"信上提到他常常想起他们以前在一起的美好时光，字里行间透露出一些与这位司机有关联的事情，如年轻时开的玩笑以及对过去岁月的可爱追忆，等等。

"你俩曾在一块工作过吗？"我问。

"没有，但单身汉时住在一起。后来我们都成了家，有一段时间我们还不时串串门，但后来仅仅在圣诞节寄寄圣诞卡，当然卡片上还有一些附言，譬如问一下孩子们可好等，实际上那根本算不上是信。"

"这儿写得好，"我说，"信上有这么一句：你多年的友谊对我来说那样重要，但我笨嘴拙舌简直无从表达。"我发觉自己不知不觉地在颔首称道，"这种解释定会使你感到欣慰，是吗？"

司机说了一些我听不懂的话。我说："我但愿也能收到一封与此信相同的来自老朋友的信。"

目的地就要到了，因而我只得匆匆扫向信的最后一段："我想你得知我正想念着你时一定很高兴。"最后的签名是："你的老朋友汤姆。"

当汽车在我寄宿的旅社停下时，我把信交还给了司机。"与君一席话，胜读十年书。"我边说边拎出箱子。不过，最后的签名"汤姆"却使我困惑不解。"我认为您那朋友叫艾特，"我问，"为何他最后签上了'汤姆'呢？"

"这信不是艾特给我的，"他解释说，"我是汤姆，这是我在获悉他逝世前给他写的信，但我一直没将信邮走……我本该早点儿给他写的。"

当我步入旅社后，我没有马上打开行李。我想：我得首先写封信，并且必须寄走。

心灵寄语

在我们拥有友情的时候要懂得珍惜，要多关心身边的人。看完这篇文章你是不是也突然发现，在繁忙的工作生活中已经很久没有问候过你的朋友了。那么赶快给朋友发个关心的短信吧！

怀念14岁时的一辆自行车

忆 莲

詹西初一下半学期转到我们班上来了。他是在原来学校打架被开除后,转到我们这个乡下学校来的。詹西原本就背着不光鲜的过去,到我们班级后却还是一副吊儿郎当的样子,成绩差、扮清高、奇装异服、特立独行,但是,差不多所有的老师都包容着他。那时,詹西在我们眼里是一个异类,而他从"落草"我们班的第一天起,就抱定了不与众人为伍的决心。我们也都很有"自知之明",也没有谁准备去"高攀"这个城里来的人。

詹西有一辆黄白相间的山地车,据说是从千里之外的家里托运过来的,有高高的座凳,矮矮的车把。并不高大的詹西跨在上面,上身几乎和大地平行。他骑车总是风驰电掣,像一尾受惊的鱼在密密麻麻的放学人群里麻利地穿梭。这是一个让人生畏并常被同学私下里狠狠贬斥的家伙。

初二一开学,老师实行一帮一对策,倒数第一的詹西被分配给了第一名的我,于是,他成了我的同桌。当詹西嚼着口香糖,乒乒乓乓地将书桌拖到我旁边的时候,我突然趴在桌子上哭了,很伤心很绝望。我的哭没有任何酝酿过程,但是所有人都知道原因。

班主任走过来安慰我:"斯奇,你是班长,应该帮助詹西。"我还没说话,一旁的詹西却发话了:"觉着委屈把桌子搬出去!我都没说嫌弃!"于是我心里暗自发誓，宁愿被老师骂，我也不会帮助詹西提高成绩的，我巴不得他所有考试次次垫底。和詹西同桌三星期，"三八线"分明无比，我们从没说过一句话。

一天，我穿了一条城里姑妈给我买的雪白色连衣裙，很是得意。下午最后一节课上了一半，从没跟我说过话的詹西突然塞给我一张纸条："放学后我用单车载你回家。"我的心怦怦跳起来，14岁的女孩儿第一次收到男生纸条的心情可想而知。即使这个男生是我一向都鄙夷不屑的詹西。我不知道该怎么办，动都不敢动，他却在一旁"噗噗"地吐着泡泡糖，见我没反应又塞过来一张纸条："我必须载你，放学后你先在教室坐一会儿，等人都走了后我们再走。"

剩下的半节课，我内心极度地紧张和惶恐。那时想：这个小古惑仔要胁迫我的话，我是一点儿辙都没有的。何况我靠墙坐着，詹西坐在外面，想逃脱都没有一点儿机会。

放学了，同学们作鸟兽散。詹西一反常态没有冲出去。我以为他要跟我说点儿什么，但是他兀自趴在桌子上面漫画，只是头也不抬地甩了一句："再等一会儿我们走。"他说话冷冰冰的，语速又快。我不敢不从，怕今天得罪了他，明天就遭到他毒打。要知道他曾经聚众打架是连人家鼻子都砸歪了的。

我们走出教室的时候，发现校园已空无一人。詹西先在后座上垫了一张报纸，然后上前支起车子，也不说话，意思是我要坐上去后他再骑上去。可是他的车子实在太高，我爬了四五次才爬上去。他戴上墨镜，弓起身子，也不事先要我抓好就开始疯狂地蹬车。我惶恐地问他："詹西，你要把我带到哪里去？"他说了一个字："家。"我的声音发抖了："谁家呀？"他的声音提高八度："废话！难道我把你带到我家里去？"我不再做声。车子拐出校门，詹西走的是去我们家的那条路，是一段小小的斜坡，詹西很卖力地踩，而我坐在他后面，像一个胆小的小老鼠一样，连呼吸都不敢大声。14岁的乡下姑娘，对这样看不出理由和后果的事情，找不到方式来应对。

从学校到我家有一千米左右的路

程，我一直害怕在路上碰到同学，但是快要到家的时候还是碰见了一个。他看到我坐在詹西的车后座上就大声嚷嚷："哈哈，詹西！哈哈，斯奇！"我正要说话时，詹西怒喝了："理这些无聊人干什么？"我便闭上嘴，可是心里很不安：同学要认为我和詹西谈恋爱可怎么办呀？

他一直把我送到我们家院子里，我跳下去，他转身就走，对我的"谢谢"不做半点儿回应，整个过程中我都处于蒙昧和惶恐中，不知道詹西这么做是什么意思。

进屋，妈妈突然拽住我："丫头，你来例假了呀？"我惊诧地扭过头，看见自己雪白的裙子上有一大块暗红，是还没有完全凝固的血渍。妈妈在一旁数落："这丫头来了例假也不知道。从学校到家那么远的路，不知让多少人看见呢！"那是我的初潮，在14岁的那个下午猝不及防地到来了。

如果没有詹西用单车载我回家，我那被"污染"的白裙子一定会被很多同学看到，而那些男生也一定会笑死我的。虽然来例假是每个女孩生命中的必须过程，但是在一群处于偏僻乡下的十几岁孩童眼里，那可是值得嘲笑讥讽的很见不得人的大事件啊。何况我是一向受同学羡慕老师爱护的好学生。但是那个一向让我讨厌的詹西，却用那么巧妙的方式避免了让我颜面尽失。

初三下学期，詹西回到了他的城市。他走得毫无预兆，等他离开之后班主任才告知我们。詹西的离去可能对其他同学造不成任何影响。但是我，却从那天起，常常想念并感激着他，以及他那辆温暖美丽的自行车。

心灵 寄语

这是一个美丽动人的故事，你是不是读完后心里也浮动着一丝的感动？有些时候，帮助一个人对于我们来说是那么的简单，而我们不经意的一个小动作对于需要帮助的人来说，有可能就是雪中送炭。

糖罐的秘密

雁 丹

上高中时，学校坐落在清江边上的一个小村子里。宁静的村落三面临水，四季风景如画，如同古人笔下的世外桃源。但也极其偏僻闭塞，周围疏疏落落全是民居，连买一根针也非要到十里外的小镇不可。

这可苦了我们这群高三的可怜虫们。读书实在太耗心智了，以至于整天唯一的感觉就是饿，连睡梦中都满是各种各样令人垂涎的好吃的东西。不知是谁那么冰雪聪明，带来了一罐糖，是那种黄亮如金、细软如沙的黄砂糖。

于是，寝室里便流行起罐装的黄砂糖。十二个糖罐，恰似我们十二个女孩子，亲亲热热地排成一排。临睡前，美滋滋地喝上一杯热腾腾的糖水，月儿也甜甜地照进梦乡来。

唯独秦霜是不大喝糖水的。因此她的那个别致的青瓷陶罐里的糖，比起我们的总是又多又满。每天晚上，当我们一边啜着糖水，一边唧唧喳喳地评头论足，或嘀嘀咕咕地发着牢骚，或嘻嘻哈哈地相互取笑时，秦霜总是在灯下读着她那本似乎永远也读不完的小说。问她为什么不喝，她说："坏牙齿呢！"

后来有人跟我咬耳朵，说秦霜的糖罐根本就只是做做样子罢了。她自幼父母

双亡，跟着年迈的外婆一起过活，学费都交不起，哪还有闲钱买糖吃？她那一罐糖，吃了就再没得添了，又怕人瞧不起，就胡说什么坏牙齿的鬼话！我听了只觉心头一紧，说不出的悲凉。

一次下课间操，口渴了，我匆匆忙忙回寝室找水喝。经过寝室门前的花坛时，不经意地向寝室的窗户一瞥，却见秦霜正狼吞虎咽地在吃着什么东西，不由一惊。细细看去，竟是在吃糖呢！她挨次从每个糖罐里舀上一大勺，大口大口地往嘴里塞。

我看得目瞪口呆。可不知怎的，慢慢地，所有的惊讶、愤怒、鄙夷，渐渐散去，两行温热的泪却无声无息地淌了下来，滴落在那暗香袭人的花丛中。我悄悄地离开了那扇窗户，贼一样地潜回教室。

晚饭后，待一寝室人走得一个不剩，我一跃而起，飞快地闩上门，拉上窗帘，一把抱起我的糖罐，先给另外的几个逐一补上一大勺糖，然后，将剩下的通通倾进秦霜的那个青瓷糖罐。又从箱子里抽出一袋糖，倒入自己的空罐儿。胆战心惊地忙完这一切，我狂跳不止的心才慢慢地平静下来。

前不久，我收到了一封来自深圳的信，信是这样写的——

晓琴：

你一定还记得那个糖罐儿吧，那是我外婆的嫁妆。据说还是宫廷里的东西。现在，居然有人愿出5万元买它呢！我舍不得出手。因为，你倒进去的糖，远远不止这个数儿。

那个偷糖吃的女孩儿，她其实觉察到了花丛中的那双眼睛——那双世界上最纯最美的眼睛。因为它的注视，那个差点儿成为小偷的女孩儿，在后来充满苦难的岁月里，却再也不敢妄动过一回。

不用说，这封信是我多年的挚友——已任深圳的一家电脑公司执行总经理的秦霜寄来的。

心灵 寄语

有的时候，毁坏一个人真的很简单，如果当年作者当场揭发秦霜或者把她偷糖的行为告诉同学们，秦霜就不会有今天的成就。而作者正是用宽容的心包容了秦霜，拯救了秦霜，也同时拯救了一颗善良纯洁的心。

她始终是我的朋友

佚 名

这天清晨，弗格斯家的电话铃声骤然响起。他刚握起话筒，一个陌生而嘶哑的男中音便在电话那头响起："弗格斯先生您好，我是杰克法官。刚刚有人指控您偷了一家商店的两本书，请您于下午一点钟到达法庭接受审理，希望您积极配合我们。"

弗格斯一头雾水，他已经有段时间没有去过商店了，再说以他的地位与经济实力，还用得着去偷书？很显然，这是有人设计陷害他。

弗格斯刚刚被上司任命为私人秘书，这项工作虽然累人又费时间，但却是事务总管，是一个人人羡慕的职位。虽然对于弗格斯的当选，很多人都赞同并给予了充分支持，但并不代表没有人嫉妒甚至希望他身败名裂。弗格斯实在是懊恼极了，原本愉快而轻松的早晨就这样变得愁云惨淡。

下午一点钟，弗格斯准时到达法庭。指控人是个英俊的年轻人，语句如锋利的刀剑，弗格斯也不是任人宰割的软饼。二人你来我往，互不相让。法官一时难以判断，只好休庭宣布第二天再审。

弗格斯很气愤，他的上司是个精明能干的女人，对人对事一向要求严格，就在清晨还因为他的事假而不悦。而直觉告诉他，明天的审理也肯定不会有什么结果，真不知道要这样到什么时候。

第二天清晨，弗格斯还没想清楚该以什么样的借口再次向女上司请假，女上司就打电话过来，急于要知道他这天打算怎么办。言外之意是她已经知道了这件事。

想不到单位的人这么快就知道了这件事。弗格斯红了脸，仿佛他真的做了贼。他告诉女上司，他要去法院，然后直接回家，因为他没脸见其他人了，一个堂堂正正的事务总管却被别人指认为贼，想想都觉得丢人，真不知道同事们会怎样看他。

女上司告诉弗格斯：去过法院之后，一定要到单位来，事情再糟糕，一个大男人都要拿出足够的勇气去面对。她还特别要求弗格斯在处理完法院的事情后去见她。

弗格斯很沮丧，干了这么多年，辛辛苦苦得来的职位可能就要这样没有了。

正如弗格斯预料的那样，法庭审理还是没有结果。

下午，弗格斯不得不假装什么事也没有发生过，硬着头皮回到单位。推开单位的大门，同事们都不约而同停下了手中的工作，不过一秒钟，全世界的目光都聚焦到弗格斯的脸上，弗格斯的脸一阵阵发烫，他一遍遍在心里说：我不是贼，不是，我是清白无辜的，是被人陷害的。可是没用，他的声音别人听不到。他成了"过街老鼠"，同事们不是斜眼瞄着他，就是绕他而行。弗格斯实在受不了这样的难堪，来到女上司的办公室，他想还是自己请辞吧。

女上司先开了口："来，我们去散散步。"弗格斯还没明白是怎么回事，女上司已经出了门。

弗格斯跟随女上司来到走廊，女上司并没有和他说什么偷窃的事情，不过是让他聊聊他的孩子。提到孩子，弗格斯的紧张情绪立刻轻松下来，孩子的诸多趣事让他的脸上不自觉地露出笑容，一向严肃的女上司也

不时地点头微笑。

女上司同他走遍了这座办公大楼的所有走廊，很多同事都看到了他们愉快交谈的情景。在走完了所有走廊后，女上司带弗格斯进了茶室，这里的门时刻敞开着，女上司选了临近门口的座位坐下，并示意弗格斯坐在她的对面，使得经过和进入茶室的人第一眼就看得见他们。在这里，视时间为金子般珍贵的女上司居然同弗格斯闲坐了一个多小时。

事情很奇怪，当弗格斯再次推开办公室大门的时候，同事们的态度竟然有了180度的大转弯，他们的眼睛里盛满了友善，脸上挂满了笑容……

当弗格斯终于被宣判完全无罪，和他的妻子离开法院准备回家的时候，他看见他的女上司正穿过人群大步向他走来，与他及他的妻子一一拥抱。

"我想我不必对你说什么了，是吧？"女上司故意板着脸。

是的，还用说什么呢？在这一令人伤心烦神的事件中，女上司始终是弗格斯的朋友。她毫不吝啬自己的信任并巧妙机智地维护住弗格斯的尊严，使弗格斯能够勇敢地面对鄙夷，最终走出困境。

朋友不是锦上添花，而是雪中送炭。当自己遇到烦恼时，朋友会给予温馨的安慰；当自己碰到挫折时，朋友会给予无私的帮助。这就是朋友的意义和价值。

乔丹的眼泪

向　晴

　　多年前的一场NBA决赛中，NBA的另一位新秀皮蓬独得33分，超过乔丹3分，成为公牛队比赛得分首次超过乔丹的球员。比赛结束后，乔丹与皮蓬紧紧拥抱着，两人泪光闪闪。

　　这里有一个乔丹和皮蓬之间鲜为人知的故事。当年乔丹在公牛队时，皮蓬是公牛队最有希望超越乔丹的新秀，他时常流露出一种对乔丹不屑一顾的神情，还经常说乔丹某方面不如自己，自己一定会把乔丹推倒一类的话。但乔丹没有把皮蓬当做潜在的威胁而排挤他，反而对皮蓬处处加以鼓励。

　　有一次乔丹对皮蓬说："我们两个的3分球谁投得好？"皮蓬有点儿心不在焉地回答："你明知故问什么，当然是你。"因为那时乔丹的3分球命中率是28.6％，而皮蓬是26.4％。但乔丹微笑着纠正："不，是你！你投3分球的动作规范自然，很有天赋，以后一定会投得更好，而我投3分球还有很多弱点。"乔丹还对他说："我扣篮多用右手，习惯地用左手帮一下，而你左右都行。"这一细节连皮蓬自己都不知道。因此他深深地为乔丹的无私所感动。

　　从那以后，皮蓬和乔丹成了最好的朋友，皮蓬也成了公牛队17场比赛得分

首次超过乔丹的球员。而乔丹这种无私的品质则为公牛队注入了难以击破的凝聚力，从而使公牛队创造了一个又一个的神话。乔丹不仅以球艺，更以他那坦然无私的广阔胸襟赢得了所有人的拥护和尊重，包括他的对手。

我常常想起乔丹的流泪，它让我在错综复杂的人际关系中有了一种美好的念想和感动。

心灵 寄语

NBA是世界上顶尖的联盟，而乔丹的地位比联盟中的所有球员都高出一大截，不光是因为乔丹精湛的球技，更是因为他宽广的胸襟，以德服众，上下一心，带动所有队员"一致对外"。

消雪时分的朋友

慕 菌

　　两个十分了得的朋友先后遇到坎儿，朋友甲进了拘留所，朋友乙进了监狱。一时间，素日围在他们身边靠他们吃喝的那些狐朋狗友作鸟兽散，也有一些人起初未显薄情，嘘寒问暖，打点关系，帮助照顾家里人。但这样的人终归还是越来越少了。朋友甲出来得快些，也不过是八个月，不离不弃的朋友落了有四五个。朋友乙经过不屈不挠的申诉，两年后逃脱囹圄，他的朋友只剩一两个而已。

　　物是人非，大家聚在一起喝酒，都感慨着世态炎凉。朋友甲或许是自觉友多，便安慰乙。乙道："迟饭是好饭。这时的朋友少不见得是件坏事。眼儿大的箩筛着顺，但筛出的杂屑就少。眼儿小的箩筛得虽然涩，但筛下的肯定都是好面。"

　　听到这个故事的时候，我正坐在阳台上看天纷纷扬扬地落雪。"绿蚁新醅酒，红泥小火炉。晚来天欲雪，能饮一杯无？"这几乎是人人皆知的《问刘十九》。白居易在未雪之时，煮酒以待将至的朋友。酒蚁碧透，火色正艳，朋友来到围炉而坐，絮话夜谈，窗外的雪这时候已经飘起来了吧，酒香染着雪舞，优美而浪漫。这时与你对坐的朋友会是什么样的人呢？可能是什么样的人呢？实际

上又是什么样的人呢？

把朋友的种类和雪联系在一起，我突然觉得无法想象。晴天，和你聊大雪小雪节气风向的朋友，该是那种最一般的衣食茶米的朋友吧？那么雪花徜徉里和你谈诗论道的朋友，该是那种怡情雅趣弹筝抚琴的朋友。雪中牵手漫步的朋友，该是知己。雪中送炭的朋友，该是挚人。——这便是朋友中最深情的一种了吧？

曾记得有一年大雪连连，在雪中大家还呼朋引伴的出去闹雪。雪停之后，温度陡降，雪路肮脏，每日房檐下响着悠长而清脆的雪化声。不得不出门的时候，裤脚必定要粘上泥浆。于是，大家都在屋里安分呆着，很少再有人去那冰冷凛冽的世界踏步。"下雪不冷消雪冷。"——俗话提炼得多么意味深长。宛若短暂的灾难来临时，尚会有许多人凭余热相助。但若一直陷在井里，愿意伸出的手就会越来越少。

消雪时分，是极致的寒。在消雪过程中站立的人，宛若裸体，脆弱孤独，不言而喻。而有太多的人习惯锦上添花，有许多人习惯雪中送炭——这是另一种锦上添花，连对待灾难也喜欢只衬在氛围热闹的那一瞬。然后，便是平常简陋的消雪时分：一捆木材，一叠铜板，一双旧靴，一块方巾，一壶开水，一碗咸菜……再来临的朋友，还是朋友吗？他就是印在你生命骨脉里的亲人，就是和你用心灵建造起血缘关系的亲人，就是值得你用全部诚挚的热泪来拥吻的亲人。

我尊重衣食茶米的朋友，欣赏弹筝抚琴的朋友，喜欢牵手漫步的朋友，珍视雪中送炭的朋友。而我最理想的是，消雪时分的朋友。希望自己如果将来遇雪，

也会有一些消雪时分的朋友，哪怕只有一位，我也会视为莫大的幸福。——固然不希望朋友遇雪，但当大雪飘飘，我希望我就是那种消雪时分的朋友，那种在寂寞的夜晚敲响朋友门环的朋友。

因此，当心里暗暗希望能和那个人成为朋友而又因此人气势正

盛不想靠近时，我就会不无卑鄙的想：若是他在消雪时分，那该多好啊。那时，我的脚印镌刻在一片泥泞之中，一定会清晰得如一朵朵梅花。

心灵寄语

　　朋友有多种，而真正值得记忆的就是那种"消雪"后仍相伴的朋友。因此，我们在与人交往的时候，要分清朋友的类别，虽然这有点难，但我们必须这样做。只有这样，"友谊"才值得称道。

需要钱吗，今天

佚 名

当你需要他的时候，他不用你开口，主动出现，所谓患难之交，这就是了吧？

我是一个特别喜欢浪漫的人，所以手机里少不了存着许多风花雪月的信息。但我存得最久、直到现在都舍不得删的一条信息却与风花雪月完全无关，那是一句如果不明前因后果甚至会让人觉得莫名其妙的话："需要钱吗，今天？我去给你送钱，三千够吗？"

发送的日期是2003年4月15日。离现在，已是一年多了。

2003年1月，我得了一场重病，停掉手里一切工作，做手术，住院。世人都羡慕白领自由的职业，只有身在其中，才知什么叫"手停口停"。那时我才换了工作不久，又刚交了半年的房租，住院押金加治疗所花杂费，几乎立时捉襟见肘。我又骄傲惯了，从不在朋友们面前诉苦，自以为也没人看得出来。

就在用钱最紧张的时候，一个平时交往很好的朋友来看我，"缺钱不？"我只当他是普通的客气，所以很随意地答："还好啦。"他又叮嘱说："如果真缺钱就告诉我啊！"

我笑着点头，却并没有认真地去记着他的话。

过了几天，忽然收到他发来的信息："需要钱吗，今天？我去给你送钱，三千够吗？"心里没来由地一震，眼泪都快出来了。他是认真的啊！认认真真地实实在在的地想要帮助我。他知道我不会主动开口，所以特别再发信息来问——所谓患难之交，这就是了吧？

住院期间，时时收到朋友们的信息，多是殷勤问候、祝愿早日康复。知道自己并没有被人遗忘，心里也是觉得温馨的，但无论如何都不如那条信息让我至今难忘。

一年能有多少天？在这个以速度说话的时代，365天可以收过多少条信息？可是这条一直安安静静地躺在我的手机里，我无数次地去翻看，甚至不去翻看也可以把它的每一个标点倒背如流，却始终舍不得删除它。

这一种患难情谊，是这辈子也删除不了的吧？

心灵 寄语

金钱，也许不是衡量两个人友谊的标杆；但是，在我们陷入困境的时候，那个愿意慷慨解囊的人，送来的钱却是一份真挚的友情，一份真心实意的关心与帮助。

不要错过芳草

冷　薇

　　有一天，一个老师和他的学生躺在大树下，他们的旁边有一大片草地。忽然，学生问了老师一个问题。

　　学生问："老师，我想请教，如何才能找到自己的知己？你能告诉我吗？"

　　老师沉默了一会，然后回答："这是个既简单又难回答的问题。"

　　学生困惑地说："是吗？"

　　老师说："看，那边有一大片绿草地，请你径直走过那片草地，在路上，你给我找一棵葱翠的青草来，但不要回过头来时再找，记住只要一棵。"

　　学生回答："好的，马上回来。"然后他就走向草地。

　　过了一段时间，学生回来了。

　　老师问："我怎么没看见你拿着青草？"

　　学生回答："在我经过的路上，我发现了一些很美的青草，不过我想在前方会有更好的，所以我一直没有采任何一棵草。但是我没有注意到自己已经走到草地的尽头，因为你不让我回头时找，所以我一棵也没采到就回来了。"

　　老师说："生活也是这样，青草代表你身边的人，美丽的青草代表吸引你的人，而走草地的过程代表时间。在你寻找知己的时候，不要总是和别人比较，并且希望以后会有更好的出现，否则你会浪费生命，因为时间一去不回头。"

同理，在寻找伴侣、工作或者事业的时候，不要放弃身边的机会，也不要浪费过去的时间。

有句俗话说得好：机不可失，失不再来。好的机会来到身边时一定要好好地把握，把握住身边爱你的人，也成全了自己。

相互温暖

冷 柏

有一次，冒险家杰夫和一个旅伴穿越高高的阿尔卑斯山的某个山峰，他们看到一个躺在雪地上的人。杰夫想停下来帮助那个人，但他的同伴说："如果我们带上他这个累赘，我们就会丢掉自己的命。"但杰夫不能想象丢下这个人，让他死在冰天雪地之中的情景，于是他决定带这个人一起走。

当他的旅伴跟他告别时，杰夫把那个人抱起来，放在了自己背上。他使尽力气背着这个人往前走。渐渐地，杰夫的体温使这个冻僵的身躯温暖起来，那人活过来了。过了不久，那个人恢复了行动能力，于是两个人并肩前进。当他们赶上那个旅伴时，却发现他死了——是冻死的。原来，杰夫背着人走路加大了运动量，保持了自身的体温，和那个人一起抵御了寒冷。

心灵寄语

看完这篇文章，眼睛不禁一热，心也暖暖的。是呀，温暖是互相给予的，当我们想把那微弱的火种传递给苦难中的人们时，他们的坚强和乐观也时时刻刻温暖着我们。

一生的朋友

　　世界上没有什么比得上真正的友谊，它会给人们带来更多的激励、帮助和快乐。有个哲学家说过："如果生活中没有友谊，就像世界失去了太阳，因为太阳是上帝赐予我们最好的礼物，而友谊则可以给我们带来最大的快乐。"

一生的朋友

凝　丝

　　我一直相信人与人之间，存在着一种十分美丽的情感，这种情感没有肌肤的接触，有的只是心灵如蝴蝶般的自由飞翔。自从遇见你之后，我更加肯定了这种想法。我们不止一次对对方说，做一生的朋友。

　　于是，在许多个平静的夜晚，当我从一本小说中偶然抬起头，偶尔失神的时候，会有一些美好的词语从我的心中溢出，送给我这位一生的朋友，向你说说我的心里话。

　　我有时想，一个人到这个世界上走一次，这个过程其实很简单，那么一个长长的过程，也许只不过是为了摘路边那一个个果子。这些果子，在生命之树上结成，每个月都有果子成熟。每个人的心里都是有一粒种子的，我心中的种子，在那不经意的相遇中就已经种下了，它发出一个小芽，然后开花，最后结出一粒成熟的果子。那个果子，我们把它叫作朋友，因为它的美丽与纯洁，我们都无比珍惜。夜晚来了，我敲动键盘，一下一下地竟敲出了对你的惦念。你去一个很远的非洲国家工作的时候，我会在心里盼着你早日回来，会算着冬天过后是春天，算着春天过后，便可以见到你。因为心里有了牵挂，我会去想象许多与你有关的细节，那无边的丛林，那夕阳中的尼罗河，那骆驼背上的牧民，都因为与你有关，而让我倍感亲切。但我们都知道，这份惦念，基于一份美好的友情。当你从遥远的那端打来电话的时候，我曾经盼望着自己，也能够到那个很远很远的地方去。那里或者有一个小屋，一个温暖的小屋，在屋里能够让我们静静地说说话，而屋外的星空有月亮，很圆很大的月亮。

当很长时间得不到你的消息时，我会一天天数着岁月，会写下许多文字，以为你把我忘记了，甚至伤心地想，原以为自己找到了一个叫做幸福的花园，我像个孩子般来到花园，带着激动的心情，却哪里知道，花园里竟然没有一株花是为我而开放的。春天的紫丁香，纯洁的百合，都兀自芬芳着，只是，它们与我没有关系。直到再次接到你的电话，听到那端你疲惫的声音，我所有的疑惑才会云开雾散。

我一生都将牢记那些细节。我们谈心，诉说彼此对生活和生命的感知。记得有一次我们在聊天的时候，有一束阳光透过窗棂照进来，照亮了你的一半脸庞。我就说，等到将来我们都老了，我一定不会忘记今天的这束阳光以及阳光下你的脸庞。生命因为这些细节而生动。我相信我们在茫茫人海中相遇，一定是有一个叫爱的小天使轻轻地推动了我们一下，于是我们在同一个时刻抬起眼睛，看到了对方，于是，我们没有擦肩而过，从此反向而行。我知道，如果我们错过了一次，有可能就此错过一生，一生都不会相遇，不会相知，更不会成为这样可以互相倾诉的朋友。我因此心生感念。

我曾经无数次地盼望有一个小孩子，那温暖而柔软的小手，那黑亮的眼睛，那如松果般跌跌撞撞向我奔来的样子，无数次地盼望着这个小孩子，因为他是爱情树上结出的果子。可是，我没有做好当母亲的准备，我很困惑。你告诉我，一个小孩子会给人的生命增添无数的乐趣，你有一个

小孩子，你的生命因此会多出许多精彩的细节。

　　我会记住你的话，我会很快有一个小孩子。当他长大的时候，我要告诉他，母亲有一个一生的朋友，这个朋友，令母亲觉得生命多了许多美丽。我要让他相信，人与人之间的确是存在一份美丽的情感的，就像我和你，我希望他也会有一个一生的朋友，一个令他受益无穷的好朋友。

　　世界上没有什么比得上真正的友谊，它会给人们带来更多的激励、帮助和快乐。有个哲学家说过："如果生活中没有友谊，就像世界失去了太阳，因为太阳是上帝赐予我们最好的礼物，而友谊则可以给我们带来最大的快乐。"

吃葡萄

碧 巧

张三和李四两个人都爱吃葡萄。吃着吃着，张三就发现了一个有趣的现象，饶有兴趣地对李四说："我们俩性格相差很大呀。"

李四不明白："何以见得呢？"

张三指着面前的葡萄说："以吃葡萄的方式就能看出来：每次我都摘最大的吃。而你，每次都摘最小的吃。"

李四瞅瞅桌上，果然，张三吃的时候，都是拣最大的吃。而李四，都是拣最小的吃。

李四说："这叫个性。"

张三说："瞧我，每次吃的都是最好的一颗。而你，每次吃的都是最差的一颗。看来，你是不懂得享受生活啊。"

李四笑了："是吗？我看真正不懂得享受生活的是你。不错，每次你吃到的都是最好的一颗，可是反过来想想，你这样吃葡萄会越来越酸，直到最后吃不下去了，心情也就越来越糟。而我吃的葡萄却会越来越甜，心情也会越来越好的。"

张三说："你说的是分吃葡萄的情景。假如我们合吃葡萄，我不就占尽便

宜了？"

李四笑着叹了口气说："这样更显出你的可悲啊，同你吃过一次，谁还会跟你再合吃葡萄呢？你整天抱怨自己缺少朋友，却不知道这正是最根本的原因哪！"

像张三这样不为他人着想，本质上可能就是"私"字在作怪，这种人考虑事情往往以个人为中心的人，怎么可能会有很多贴心的朋友呢？

人生的距离

静 松

有两个农人，他们在村庄的后面种了5亩玉米。很瘦的农人十分讲究每棵玉米的株距和行距，并且每穴只留一棵茎肥叶壮的苗子，其余的全都拔掉。

而稍胖的农人就不同了，他竭力缩小每棵玉米的行距和株距，间苗时特别留意给每穴都留下了两棵玉米苗。他扳指一算，如果每棵玉米只结一个玉米，到秋天邻居只能收获1000个玉米，而自己则可稳稳收获2500个玉米。

初夏，玉米苗长成了浓绿浓绿的玉米林。瘦农人见了大吃一惊："你怎么留了这么多玉米苗，秋天能收获什么？"胖农人不屑地答："玉米苗留得多，到时候我收的肯定要比你多。"瘦农人说："留足了行距和株距，玉米地里能洒进阳光吹进风，玉米才能长得壮长得好，你这样种玉米恐怕收不到。"

一夜忽然刮起了风，那风其实不算很大，每年夏天都要刮几场的。翌日清早，胖农人赶到地里一看，呆住了，大风把他的玉米全刮倒了，就像用车轮碾过的一样。别说秋天收获更多的玉米了，就连收回种子也只能是空空一场梦了。

沮丧的胖农人想，这回瘦农人的玉米损失也一定不小。可结果却是：瘦农人的玉米一棵一棵长得直直的，壮壮的，一棵也没有被风吹倒。

　　瘦农人说："我把行距和株距留得足，风都从玉米行间里溜走了。我这行距，别说是昨夜那场风，就是风再大些，玉米也绝不会有损失。"

　　是的，离得太近，或许一阵轻风、一场细雨都容易使我们彼此受到损失和伤害。给风留下足以溜走的距离，给雨留下足以流走的距离，那么还有什么流言飞语能把我们轻轻击倒呢？

　　保持我们友情的行距和株距，这是我们能够收获友情果实的唯一秘密。

心灵寄语

　　距离是一种美，望眼秋水，一鹤天惊；距离是一根弹簧，拉长，感情才有接近的期求。你可以隔着夏，隔着秋，待到养大才灿烂开放，如果人对鲜花已经时时躲避，那么鲜花你不必日日光临，你可以隔着风雨，隔着霜雪，待到冬后才倾情明媚。

一张汇款单

芷 安

六年前的那个冬天,我们一行四人,踏上了南下的火车。四个人怀揣着同样的梦想,那就是——挣钱。

四个人兴奋而紧张,挤成一团,在冰冷的车厢里彼此温暖着。我们所说的每一句话,都跟即将开始的打工生活有关,跟蛋蛋远房的大伯有关。因为是他,为我们争取到了一个工厂最后的四个打工名额,他知道,我们四人是从小一块儿光着屁股长大的最最要好的朋友。

那告别贫瘠山村的路遥远而漫长,整整24个小时,我们都没有合一下眼,那每月二百多块的工资,虽还遥不可及,却如兴奋剂一般振奋着我们每个人的心。

终于到了,没有人关心那从没见过的车水马龙和高楼大厦。在蛋蛋大伯的引领下,我们来到那家工厂,没料想,我们听到的第一句话便是:四个招工名额只剩下了三个。这句话如晴天霹雳般在我们每个人的脑海中炸响,那就是说,我们四个人中必须有一个要打道回府,不容置疑。

蛋蛋第一个站出来,说:"你们留下,我走。"没人应声。但大家都知道蛋蛋他爹卧床多年,已是家徒四壁,蛋蛋需要挣钱给他爹看病抓药。这时大碗说:

"还是我走吧，我是弟兄四个当中的老大。"还是没人应声。大碗的媳妇没奶，不能可怜了那嗷嗷待哺的娃娃。于是我说："我走，我没有负担。"

我果真就走了，谁也没能留住我。我在那陌生都市的角落里呆坐了一天，但我没有后悔，虽然我的眼里写满了留恋。但我知道，他们都比我更需要钱。

我又重新回到了那破落的山村，重新在那干裂的坷垃地里刨着全家人的希望。

转眼间到了过年，我回来也一月有余了，正在全家人为这年怎么过而犯愁的时候，我意外地收到了一张汇款单。在汇款单的附言栏里，写了这样一行歪歪扭扭的字：收下吧，这是我们三个凑的210元钱，算是你第一个月的工资。

那一刻，泪水在我的眼里打转。那一刻，我明白，我收下的，不仅仅是210元钱那样简单。

心灵 寄语

对于友情，我们不要求为对方两肋插刀，不要求为对方赴汤蹈火，只要困难时能够帮助一下，痛苦时能够倾诉苦衷，快乐时能够共同分享，这就足够了。

请帮我打个电话

佚 名

傍晚时分，菜炒到一半，没盐了，停下来到楼下的食杂店去买。店主老刘见我来了，松了口气似的说我来得正好。他简单交代，站在边上的女孩儿是哑巴，想叫我帮着打公用电话，而他要照料生意。我这才发现柜台边上站着一个清秀的女孩，眼神满是期待。

我接过笔写道，好吧，你写我说。

她感激地对我笑笑，开始写上她要说的话。我则开始拨号，接电话的是个男人，我愣了一下，女孩儿找的明明是个女孩儿。对方解释说，他也是帮着接电话的，他那边的也是个哑巴女孩儿。于是，我们这两个不相干的人充当了传话筒，在两边喊来喊去。

她说，她想念一起去吃米粉的时候；她说，她帮她织了一条围巾，要寄过去；她说，要很长时间才能回去，请多帮她去看看父母；她说，收到了寄来的相片，胖了点呢……

电话通了近十分钟，非常地慢，因为一边说一边写费时不少。在等她写话的时候，我看她认真的模样，只是忽然间，为我们四人的默契掠过一阵感动，我从

来没有遇到这样的事。

打完电话，女孩儿露出快乐的笑容，写了句话给我看："那头是我最好的朋友，约好这个时间打电话，这样坚持了好多年。"最后她写给我的两个字是"谢谢"，还画上了一个小小的心，她撕下小纸片放到我手里，露出天真的微笑，然后付钱离开了，很快消失在黄昏的街道上……

我拿着一包盐和那张小纸片回家，一路在想，我们随时可以开口说话，也可以写信，写E-mail，现在又有了QQ，想要联络真是信手拈来，可是为什么，提包里的电话联络本上可联系的电话越来越少？那个女孩虽不能开口说话，可仍然坚持通过别人的传话告诉对方，我在惦念着你。友情同样需要一份用心的经营，需要精心的呵护。

她们是人群中一对幸福的朋友，而我无意中分享到了这份幸福。

心灵寄语

友情，不在乎对方有多少钱，不在乎对方有多么漂亮或英俊，不在乎对方是不是聪明或愚蠢，更不在乎对方身体的残缺，它在乎的，只是对方是否有一颗真心，一颗愿意用心去经营友谊的心。

月若有情月长吟

佚 名

太阳最终吝啬地收起了它最后的一线亮光。月亮还没有出来，留下的只是满天的云霞，轻轻地亲吻着宁静的山村。

我心急如焚地奔走在狭窄的村巷间，无心欣赏大自然的赠赐。我焦急地挨家挨户去筹钱为我妈治病。

突然，一阵凄凉的哭声传入我的耳朵。"谁？这么晚了，他为啥哭？"我循着声音寻找，原来是一个小男孩儿。

小男孩儿看见我，揪着我的裤管："我迷路了，送我回家，好吗？"我本能地应了一声，就想抱起他走。突然，我触到了一束熟悉的目光。咦，这不是王医生的儿子吗？顿时，我心里轰起一腔怒火，王医生的影子又浮现在脑海。就是他，为了小小的一笔医药费而拒不为我妈治病！

"走吧！现在的世道还会有多少人情？"我心里想着，脚下迈开了步子。这时，一声更凄厉的声音狠狠地剐了我一刀：难道真的丢下他不管？夜深了，难道就让他留在孤寂的野外，他不怕黑暗吗？他能抵抗动物侵害吗？……我打了个冷噤。啊！不能，我不能丢下他而去，我猛转身，我不能选择与道义相悖的行为。

我轻轻地敲开了王医生家的门。我不理会他的语言与目光，只是快速地离开，我想我的心灵是纯净的，我不会因为金钱而丧失了做人的道德。我之所以走得如此迅速，不是因为愤怒，而是不愿在这块见利忘义的地方多待一刻。

月儿已经爬上了树梢，有了些许凉气。我仍然在为母亲治病筹钱。我坚信：人与人之间一定有人情的气息。

当我拖着疲倦的身躯踏进家门的时候，我嗅到了一阵药味。我疑惑地询问我的母亲。妈妈只是微笑地递给我一封信。信上说："谢谢你，把我的儿子送回家。你的行为给了我一次心灵的教育。在金钱与医德面前，我们应该选择医德。"

我的眼睛有点儿湿，我推开窗：多美好的夜！多明亮的月！多明智的选择！人与人之间比金钱更珍贵的是友爱。

温柔的月光如流水般倾泻而下，仿佛是滑过了一曲悦耳的琴声。哦！月若有情月长吟。

心灵 寄语

与人为善，便是与己为善。以德报怨的人，更是大善。

生死相依

沛 南

郭老师高烧不退。透视后发现胸部有一个拳头大小的阴影，怀疑是肿瘤。

同事们纷纷去医院探视。回来的人说：有一个女的，叫王端，特地从北京赶到唐山来看郭老师，不知是郭老师的什么人。又有人说：那个叫王端的可真够意思。一天到晚守在郭老师的病床前，喂水喂药端便盆，看样子跟郭老师可不是一般关系呀。就这样，去医院探视的人几乎每天都能带来一些关于王端的花絮，不是说她头碰头给郭老师试体温，就是说她背着人为郭老师默默流泪，更有人讲了一件令人不可思议的奇事，说郭老师和王端一人拿着一根筷子敲饭盒玩，王端敲几下，郭老师就敲几下，敲着敲着，两个人就神经兮兮地又哭又笑。心细的人还发现，对于王端和郭老师之间所发生的一切，郭老师的爱人居然没有表现出一丝一毫的醋意。于是，就有人毫不掩饰地艳羡起郭老师的"齐人之福"来。

十几天后，郭老师的病得到了确诊，肿瘤的说法被排除。不久，郭老师就喜气洋洋地回来上班了。

有人问起了王端的事。

郭老师说，王端是我以前的邻居。大地震的时候，王端被埋在了废墟下面，

大块的楼板在上面一层层压着，王端在下面哭。邻居们找来木棒铁棍撬那楼板，可是怎么也撬不动，只能等着用吊车吊。王端在下面哭得嗓子都哑了——她怕呀，而她父母的尸体就在她的身边。天黑了，人们纷纷谣传大地要塌陷，于是就都抢着去占铁轨。只有我没动。我家就我一个人活着出来了，这时我把王端看成了可依靠的人，就像王端需要依靠我一样。我对着楼板的空隙冲下面喊：王端，天黑了，我在上面跟你做伴，你不要怕呀……现在，咱俩一人找一块砖头，你在下面敲，我在上面敲，你敲几下，我就敲几下——好，开始吧。她敲当当，我便也敲当当，她敲当当当，我便也敲当当当……渐渐地，下面的声音弱了，断了，我也迷迷瞪瞪地睡去了。不知过了多长时间，下面的敲击声又突然响起，我慌忙捡起一块砖头，回应着那求救般的声音，王端颤颤地喊着我的名字，激动得哭起来。第二天，吊车来了，王端得救了——那一年，王端11岁，我19岁。

女同事们鼻子有些酸，而男同事们一声不吭地抽烟。在这一份莹洁无瑕的生死情谊面前，人们为一粒打从自己庸常的心空无端飘落下来的尘埃而感到汗颜，也就在这短短一瞬间，大家倏然明了：生活本身比所有挖空心思的浪漫揣想都更迷人。

心灵寄语

有生死之交，是非常幸运的；即使没有，也不用感慨，拥有郭老师与王端这样晶莹光洁的友谊，本来就是难求的。在友情面前，没有占有，只有分享和付出。

信　念

佚　名

　　在灾难来临前的一天、前一个小时、前一分钟，多少人或者安然地在街头散步，或者悠闲地谈笑风生，或者老老少少怡然地享受天伦，可是，因为地震，因为灾难，一切常规被打破了，即便没有亲身经历这场灾难的人们，也能够想象灾难之中的人们的惊慌失措和心惊肉跳，那是对于灾难的正常反应。

　　有三个农民，在甘肃张掖这场地震来临时，他们正在羊圈旁的窑洞里守卫着羊群。当地动山摇的那一刻，他们在发出惊叫之后，离门口最近的那个农民最先向外面逃窜，然后是第二个，然后是第三个。但是当第二个农民被轰然的土压倒时，第三个农民也没能跑出来，而是连同厚厚的土同时压在了前面农民的身上。

　　最后的那个农民是幸运的，靠稀薄的仅有的一点空气他得到了短暂的生命。但是，那点空气显然不够他维持，他在死亡的边缘挣扎，这时，有一种坚强的信念一直支撑着他，那就是他以为第一个农民一定成功地逃生了，并且，他会很快喊来救援人员。

　　他奋力地挣扎，奋力地用手刨着土，以尽可能获得生还的机会，就这样，一直过了十几个钟头，在他已奄奄一息时，他听到了救援的脚步和嘈杂的声音，这

时的他已经没有喊叫的力气了。

他终于被人们用手挖了出来，他被挖出来的那一刻，便彻底失去了知觉，但他终于成功地活了下来。

医生说，在那样稀薄的空气中，能够存活半个小时已经是奇迹了。

人们问起他时，他说，他真的以为第一个农民已经逃生了，他相信逃生的农民一定会来救他。而实际上，第一个和第二个农民都没有跑出去就死了。

如果不是那个信念，这位活下来的农民一定不会坚持那么久；如果他放弃了希望，他可能早就被死亡的魔鬼拉走了。信念是什么？很多时候，信念就是支撑我们生命的力量。

信念就是这样的东西——别人在你的信念中活着，你在别人的信念中活着，然后，为了共同的信念走到一起，或携手并进。由此，生活才有那么多的阳光，生命才会绽放美丽的花朵。

心灵 寄语

有这样一种力量，它可以使人在黑暗中不停止摸索，在失败中不放弃奋斗，在挫折中不忘却追求。在它面前，天大的困难微不足道，无边的艰险不足为奇。这种力量，就叫信念。

棉袄与玫瑰

佚 名

在小镇最阴湿寒冷的街角，住着约翰和妻子珍妮。约翰在铁路局干一份扳道工兼维修的活，又苦又累；珍妮在做家务之余就去附近的花市做点杂活，以补贴家用。生活是清贫的，但他们是相爱的一对。

冬天的一个傍晚，小两口正在吃晚饭，突然响起了敲门声。珍妮打开门，门外站着一个冻僵了似的老头，手里提着一个菜篮。"夫人，我今天刚搬到这里，就住在对街。您需要一些菜吗？"老人的目光落到珍妮缀着补丁的围裙上，神情有些黯然了。"要啊，"珍妮微笑着递过几个便士，"胡萝卜很新鲜呢。"老人浑浊的声音里又有了几分激动："谢谢您了。"

关上门，珍妮轻轻地对丈夫说："当年我爸爸也是这样挣钱养家的。"

第二天，小镇下了很大的雪。傍晚的时候，珍妮提着一罐热汤，踏过厚厚的积雪，敲开了对街的房门。

两家很快结成了好邻居。每天傍晚，当约翰家的木门响起卖菜老人笃笃的敲门声时，珍妮就会捧着一碗热汤从厨房里迎出来。

圣诞节快来时，珍妮与约翰商量着从开支中省出一部分来给老人置件棉衣：

"他穿得太单薄了，这么大的年纪每天出去挨冻，怎么受得了。"约翰点头默许了。

　　珍妮终于在平安夜的前一天把棉衣赶成了。铺着厚厚的棉絮，针脚密密的。平安夜那天，珍妮还特意从花店带回一枝处理玫瑰，插在放棉衣的纸袋里，趁着老人出门购菜，放到了他家门口。

　　两小时后，约翰家的木门响起了熟悉的笃笃声，珍妮一边说着圣诞快乐一边快乐地打开门，然而，这回老人却没有提着菜篮子。

　　"嗨，珍妮，"老人兴奋地微微摇晃着身子，"圣诞快乐！平时总是受你们的帮助，今天我终于可以送你们礼物了，"说着老人从身后拿出一个大纸袋，"不知哪个好心人送在我家门口的，是很不错的棉衣呢。我这把老骨头冻惯了，送给约翰穿吧，他上夜班用得着。还有，"老人略带羞涩地把一枝玫瑰递到珍妮面前，"这个给你。也是插在这纸袋里的，我淋了些水，它美得像你一样。"

　　娇艳的玫瑰上，一闪一闪的，是晶莹的水滴。

　　用一点一滴的爱去关心别人，让世界充满爱。

谢了，朋友

秋　旋

22岁那年，我带着对人性的悲悯，对自己的悲悯，茫然上路了。

过了黄河，穿越中原，又在烟雨迷蒙中游了西湖。西湖很美，从细雨中透出清丽、高雅的忧伤。我站在堤上，久久不能逃脱这种情调。

我披着一头黑发，脸色苍白，离满湖的欢笑非常遥远。这时他走过来，看着我，带来一阵缓缓的湖风，同时对我的沉默做出了宽容的浅笑，我依然对周围活动的人们都感到麻木，不打算跳出固有的情绪。

"其实，跳下去也不一定不舒服。"他说。我转过头看了一眼，仍不想理会，只是心里很狂傲地笑了一下，我才不会犯傻呢！

"你跳下去，我还得救你，太戏剧化了。"他嬉笑着穷追不舍。我不得不认真地看看他了，一个不修边幅、脸色和我同样苍白的年轻人，不远处，摆着一个相当破旧的画架。

我勉强笑笑，问了句："画什么？"

他耸耸肩："三年了。我站在这儿感慨万千，却没画出一件像样的东西。"听得出他那很深的自嘲。

"你想找什么？"

"不知道，所以注意到你。"

"怕我跳下去？"

"怕破坏了一幅有灵气的画。"

我感谢他的赞赏，笑着说："谢谢！"说得很由衷。

"也许你点化了我。"

我不理解地看看他。

"人才是这个生存空间真正的生灵，其实，你第一次转过头来时，我已经知道你'水性'很好，不会被'淹'的。"

"人们的相互关怀并不值得庆幸。"

"你很孤独？"他关切地看着我。

"孤独与生俱来。"

"可与生俱来的东西并不只有孤独。"

"我习惯了，或者说喜欢。"

"你可以喜欢，但不要习惯。"

我觉得他正一点一点地打倒我的孤傲，我很想快点儿躲开，却又扔出一句：

"你呢？是喜欢还是习惯了感慨万千？"

"我很空虚。世间万物没有属于我的东西。"他坦诚的语言射出一种逼人的沉闷。

唯剩沉默。

等他画完一张速写递给我，我大大地惊诧于他那画笔的穿透力：画上的女孩孤傲、忧伤而又飘逸得让人不可捉摸。

小心防守的堡垒突然被冲击，很是恐慌，我匆匆地就要告辞。他在那张速写上草草地写了几笔，折了两折给我，像阳光一样灿烂地笑了笑。

我就这样告别了西湖，坐上了南下的火车。如画的杭州真的远了，我才打开那张速写。画面边上写着：感到寒冷时，请来！

我骤然感到浓浓的暖意，又想起他说的："与生俱来的东西并不只有孤独。"

我知道了，还有人情的温馨。

谢了，朋友！

心灵 寄语

与生俱来的东西并不只有孤独，还有希望，还有憧憬，这些都是要我们去体会、去经历的。疲倦时停一停脚步，休息好了再大步地往前走，不要绝望，因为生活中还有很多是我们没有发现的。

飘绕的友情

诗　槐

我有一个朋友，只是朋友，仅仅是朋友，这是你说的。你喜欢笑，也喜欢用你的笑去感染身边的每一个人，我是其中之一。你喜欢音乐，现代流行乐坛中，张信哲是你的最爱。

我是个矛盾综合体，因此多愁善感，而你是一个孤独的人，尽管你每天都在笑，陪你笑的也总有那么大一群人，可我还是看到了你的孤寂，那份淡淡的哀伤。和你谈得多了，也许是同情，也许不是。带着莫名的情愫和你畅谈。我们从未争吵过，要么是想法相同，而想法不同的时候，我们都会不约而同地转移话题，总之，我们之间没有争吵和不快。

我们从阿哲谈到四大天王，再谈到崔健，然后谈到人生，你无限感慨地说，生命像一叶风浪中的小舟。我知道，你有哀伤了，我无奈地看着你，你的眼里尽是惆怅。偶尔，爱好文学的我也和你谈起中国小说，你不屑地说，中国小说是越来越差。是的，中国小说里面激发人信心的词句很多，但总体却很差劲。我赞同地点头，然后，我们沉默。

直到现在还弄不懂我和你之间是怎么回事。那天你突然跑来找我，手中拿着

CD碟片，脸上洋溢着兴奋的容光，对我大喊："看我给你带来了什么！"我看着你，那是张信哲的最新专辑《信仰》。

后来，我们谈得更加愉快了，经常在一起把歌词改掉，自己乱谱曲，或者用阿哲深柔的嗓音去唱崔健的歌，或者把齐秦的《大约在冬季》改成了《凝结在冬季》，我们肆无忌惮地唱着，感受着那美好的人生。

再后来，就来了流言。我和你之间似乎渐渐疏远了，不在一起谈阿哲，不在一起谈中国小说，也不乱嘴改歌词，更没有一起唱歌了。甚至，那天你走来告诉我，一字一句地说："我们只是朋友，仅仅是朋友！"然后你转身，模糊在了我的视线中。

过了好一阵子，有同学告诉我，你生病了，让我去看你。我走进病房时，里面充满了音乐，阿哲的《雨后》飘了出来。你躺在病床上，苍白的脸已失去了往日的笑容。我的眼中含满了泪，话哽在喉咙，却没办法出声。你也看着我，什么都没有说，直到最后，你拉住我的手："我们永远是朋友，对吗？"

我麻木地望着你。

"对吗？"你再问，已开始喘着气。

我无力地点了点头，你笑着睡了，永远地睡了。此刻那首《雨后》终于放完了，剩下的只是你亲人的哭喊。

走出病房的那一刻，泪水夺眶而出。模糊中听见医生在说："奇迹，他多活了半年的时间。"

几天后，我收到了一个包裹，打开看，全是阿哲的CD碟片，上面有个纸条，歪斜地写着你的字迹：送给我的朋友。

我把碟片插入CD，那首《雨后》又飘了出来。此刻，我的心如止水。我和你是朋友，只是朋友，仅仅是朋友，我们永远是朋友！

心灵寄语

　　常听人说，人世间最纯净的友情只存在于孩童时代。这是一句极其悲凉的话，人生之孤独和艰难，可想而知。但我并不赞成这句话。因为孩童时代的友情只是愉快的嬉戏，友情的真正意义却产生于成年之后，它不可能在尚未获得意义之时便抵达最佳状态。

友谊的价值

　　友谊是一片照射在冬日的阳光，使贫病交迫的人感到人间的温暖；友谊是一泓出现在沙漠里的泉水，使濒临绝境的人重新看到生活的希望；友谊是一首飘荡在夜空的歌谣，使孤苦无依的人获得心灵的慰藉。

星星的孩子

佚 名

　　我是星星的孩子，所以我不喜欢这里。这里的感觉太陌生，太遥远，但我并不觉得好奇，也不感兴趣。我没有喜欢和不喜欢。星星的孩子只迷恋一种东西，我喜欢草，喜欢它的颜色，清逸，温柔的颜色，淡绿淡绿的，我每天都会长久地坐在草丛里，这是我最大的也是唯一的乐趣。有时妈妈回来这儿找我，她总是喜欢拥抱和亲吻我，这让我觉得难受。因为我的感官太敏感，太脆弱。不能够接受这么强烈的感情，这让我觉得不习惯甚至厌恶。但事实上妈妈已经是我唯一的亲人了。爸爸是在送我去检查的第二天和妈妈离婚的，因为我在前一天被确诊为"小儿自闭症"，而像这样的病只能减轻，可能无法治疗。那一天，我麻木地接受了爸爸妈妈的离婚。那一天，我毫不关心地站在一边。只记得妈妈说"琳诺，妈妈给你幸福"。我不清楚妈妈的表情，因为她说这句话的时候，我的眼睛盯着别处，我不喜欢正视别人，这让我觉得恐慌。但是我却感觉到了妈妈的坚定和平静。之后的日子，我并没有觉得有什么不一样，因为我从来没有对任何事情在意过，我仍然每天习惯性地去门外的草丛，那个已经被重新翻整过很多次的地方。

　　终于有一天，我认识了海澄，那个第一个愿意和我玩耍的女孩儿。"她们说你的脾气很怪，真的是这样吗？"她坐下来问，我并没有答理她，仍然自顾自地抚弄那些草。可能以为我生气了，她又问："为什么你总是坐在这儿呢？这里一点儿都不好玩，我带你去个好玩的地方。"说着拉起我的手，我吓住了，慌忙甩掉她的手，跳得远远的。我再看那边的时候，只能看到她很小的背影了。我又回到那片草丛，继续我的平静日子。可是几天之后她仍然来了，"我已经原谅你了。"她说。我还是重复着每天的动作，没有理睬她。"干吗不说话呢？小气鬼，再不说真不理你了。"她像是生气了。可我不喜欢别人一直这样和我说话。因为我只想沉浸在自己的世界里，不想别人闯进来，她不知道我的心是僵化的，封闭的。我甚至连我的思想和感情都不想表达，所以我又一次走开了。可是后来，她还是又来了。但是这次，她没有再说话，陪我一直坐着。第二天，第三天，每天都来。有的时候，看我心情好，还会教我正常人的表达方式，怕我受刺激，她特别地小心。她知道可能一点儿也不管用，却还是执着地坚持着，而我也发现自己渐渐接受了她。直到有一天，她要走了，要搬到另一个地方去，临走的时候，她又来了，我还是一直低着头抚弄那些小草。"我要走了。"她说，我第一次抬起头看着她，她看起来有些激动，"我知道你是星星的孩子，但是我希望有一天你一定要成为地球上的孩子！"

她走了，带着遗憾却留下希望，可她不知道，就在那一刻，我第一次感受到了来自这里的爱和温暖。

一个患有自闭症的孩子，却因为另一个小女孩儿坚持不懈的忍让与陪伴，因为她说"你是星星的孩子"而感受到爱和温暖，让我们都感受到了爱的力量！

友谊的价值

雨　蝶

　　友谊是快乐的源泉，也是健康的重要因素。有知己的人自然可以享受到友谊的欢愉。同样重要的是，他们也获得了精神上的满足。有喜事来临，与朋友分享，会更增添我们的喜悦之情。相反，遇到麻烦或压力，情绪低落时，富于同情心的朋友会分担我们的忧虑和恐惧，减轻我们的压力。而且，我们还可能会得到一些可行的建议去解决这些特殊的问题。

　　一生中，最渴望友谊的是青年和老年两个阶段。青春时期，变化无常和复杂纷繁的感情常常困惑着年轻人。老年时期，则为感觉到无所作为和无足轻重而不安。这两种境况下，朋友会带来戏剧性的变化。生活中有了挚友，人们就能鼓起勇气，积极向上。这时候年轻人便有了精神上的支柱，就会展现个性；老人则会带着乐观的精神和生活的情趣欢度晚年。而对于克服人生当中这两个阶段固有的心理危机，这些积极的态度有着至关重要的作用。

　　整整一生，我们都依附于一些小群体给我们的爱、赞赏、尊重、精神支持和帮助。人人都有一个"友情网"：同事、邻居、同学。尽管男人和女人都有一些这样的朋友，但种种迹象表明，男人很少有知己。他们善于交际，经常有很多生意上的伙伴、高尔夫球友等等。但是，朋友不仅仅是共同参加一些活动，也有分享纯私人范围内东西的时候。通常，男人羞于向他人倾诉，因而远离了亲密的友谊。由于抑制自己的感情，他们消极的情绪得不到释放而有损自身健康。

　　人们选择一些朋友，是因为觉得他们很有趣，他们"生机勃勃"。同样，共同的兴趣似乎也是择友的重要因素。比如说，有孩子的家庭，易于彼此吸引，有相似生活方式的人也很正常地成为朋友。而"离异父母协会"这一组织的出现，也是这种趋势的必然结果。这些组织提供了一个交际、结识新朋友的机会，同时也为更好地适应新生活提供了很有帮助的建议。另外一些组织因一些特殊的兴趣和爱好而聚集，如有关野营或政治之类的。选择有特性的人做朋友，只要付出与索取平衡，使双方满意就好。

　　亲密而相互信任的朋友彼此坦诚相待，他们觉得安心，不会被戏弄或嘲笑，他们的彼此信任令人尊敬，而背信弃义会使友谊迅速而痛苦地终结。

　　友谊会日渐深厚，其纽带也会随之更加坚固。密切的关系丰富了人们的生活。而使友谊茁壮成长的一些要素是诚信、朴实、慎重和某些共同兴趣。

　　环境和人都处在不断地变化中。有些友谊能持续到"永远"，有的却不能。不管怎样，友谊都是健康有益的人生不可或缺的一部分。

心灵 寄语

　　友谊是一片照射在冬日的阳光，使贫病交迫的人感到人间的温暖；友谊是一泓出现在沙漠里的泉水，使濒临绝境的人重新看到生活的希望；友谊是一首飘荡在夜空的歌谣，使孤苦无依的人获得心灵的慰藉。

永恒的爱

晓 雪

一个矿工在挖掘煤矿时，不慎触及未爆弹而当场被炸死，他的家人只得到一笔微薄的抚恤金。

他的妻子在承受丧夫之痛的同时，还要面临经济的压力。

她无一技之长，不知道要如何谋生，正当忧愁之际，工头来看她，并建议她到矿场贩卖早点以维持生计。于是她做了一些馄饨，一大清早就到矿场去卖。

开张的第一天，来了12位客人。

随着时间的推移，热腾腾的馄饨吸引了更多顾客，生意好时，大约有二三十人，生意清淡时，即使雨天或寒冬也不少于12人。

时间一久，矿工的妻子们都发现丈夫每天早上工作以前，都要吃一碗馄饨。她们对此百思不得其解，于是想一探究竟，甚至跟踪质问丈夫，但都得不到答案。有的妻子自己做早餐给丈夫吃，结果丈夫还是去吃一碗馄饨。

在一次意外里，工头也被炸成重伤，弥留之际对妻子说："我死了以后，你们一定要接替我，每天去吃一碗馄饨，这是我们同组伙伴的约定。朋友死了，留下孤苦无依的妻儿，除了我们，还有谁能帮助那对可怜的母子呢？"

从此以后，馄饨摊多了一位女性的身影，在来去匆匆的人群当中，唯一不变的是不多不少的12个人。时光飞逝，转眼间，矿工的儿子已长大成人，而矿工的妻子也两鬓斑白了。

然而，这位饱经苦难的母亲，依然用真诚的微笑来面对着每一位顾客。前来光顾馄饨摊的人，尽管年轻的替代了老的，女的替代了男的，但从来未少于12人。经过十几年的岁月沧桑，12颗爱心依然闪闪发亮。

有一种承诺可以直到永远，那就是用爱心塑造的承诺，穿越尘世间最昂贵的时光。12个人拥有着一个共同的秘密，那就是永恒的爱。

心灵寄语

这是一个感人的故事，工友们拥有着犹如金子般的善良的心，十多年来默默地支持着这位不幸失去丈夫的女性，并且爱心无限地被传递了下去，让人为之动容。

碗里的秘密

忆　莲

　　高中住校，吃饭都是在教室门口的走廊里，八个人一桌，男女搭配，轮流值日，值日的人不光负责洗碗，还负责将饭和菜分到各自的饭盆里。

　　宇的家庭条件很好，父亲是乡党委书记，在农村，应该是个不小的官了。宇的吊儿郎当很出名，经常逃学和一帮小痞子和野丫头厮混，对宇，我是打心里不屑的。

　　轮到宇的小组打扫卫生时，宇从来不动手，只是承诺在帮他打扫完毕后请其他人吃饭，其他人便也乐于效劳。但奇怪的是，宇却十分热衷于饭桌上的值日，不光该自己值日时一丝不苟，还经常强行帮别人值日，以至于八个人一轮下来，他要值日四五天，有时觉得还不过瘾。别人好奇地问他原因时，他就开玩笑说，小孩子不要多问。

　　我和宇在一个饭桌吃饭，我是一心要考大学的，因此对别的事很少关注，对于宇抢着值日的举动更无心打听，只是觉得这样一个花花公子式的人物有这个癖好，应该只是觉得有些好玩罢了。

　　有一天正在吃午饭，忽然发现饭底下有一个鸡蛋，我奇怪，正要问别人有没有时，一抬头看到宇，正从碗边沿紧张地盯着我，见他冲我微微点了下头。我似乎明白了，鸡蛋是宇藏进去的，却又不敢肯定，宇干吗要给我鸡蛋呢？同学一年，我和他说的话都不超过十句。那时候，鸡蛋对我来说可是珍品，因为家里的鸡蛋都拿去卖了交伙食费了。顾不得多想，我美美地悄悄把鸡蛋消灭了。

再后来，我注意到，别人值日，总是先分饭，再分菜；而宇总是先分菜，再分饭，将菜藏在米饭底下；而且，只要是宇值日，我的碗里就没有肥肉，而宇的碗里几乎没有瘦肉；又或者，我的碗里米饭底下会藏着一点儿惊喜，比如牛肉、排骨。我终于明白，在家里饭来张口的宇为什么那么热衷于值日了。

碗里的秘密一直小心翼翼地持续到高考，我和宇依然没有说什么话，只是在学习的间隙我们会悄悄地对视一会儿，我一直没有对宇说谢谢，我知道这不是他要的，我想，我只有考上大学，才对得起父母，对得起自己，对得起碗里的秘密。

我最终考上了一所本科院校，而宇，也出乎所有人意料地考上了一所大专院校。只有我知道碗里的秘密，那不仅是我的动力，也是他的动力。

十多年过去了，虽然我和宇没有能走到一起，但碗里的秘密和那段青春岁月一直藏在我的记忆里。

心灵 寄语

无论是突然间，还是静谧时在心底里回忆起，在青涩的时候，懵懂地知道有一个人，对自己无论是安静、温柔，还是热心、关注，那都是美好的。

人生难得几回聚

张四华

不知道是谁首先给出这样一个命题："人的一生究竟会有多少次相聚？"我曾一度试着去解答这个难题，但是至今没有找到答案。

10年前，我和阿林等8人从全省各地到洪城负笈求学，成了大学同班同学，并有幸住在同一个寝室。毕业后，我们为各自的梦想各奔东西，我和阿胖、阿云3人留在江西，阿林等5人则毅然选择背井离乡，来到了风尖浪高的改革前沿阵地——广州。2002年8月11日，我路过广州，与阿林5人有了毕业后的第一次相聚。那次，我们约定四年后还在这里相聚，无论是显赫，还是潦倒。

2006年8月12日，我乘火车只身南下到了广州。同学阿健驾驶私家车接站，虽然我在电话里一再叫他不要过来，但是他一如当年的热情和固执，特意请假来接我们。在车上，我从阿健口中得知，下午广州、深圳、东莞等地的同学都会相继赶来与我们见面。阿健在安排好住宿后，问我："老大（在大学因我当了三年的寝室长，后来室友见面后便不再直呼我的大名，而是亲切地叫我"老大"），阿伟、阿水、阿明要到中午才到广州，阿强待会就到。我想中午由我请同学们吃饭，下午再带你们到外面去玩玩。不知这样安排可以吗？"我答道："阿健，我想还是把我们5人聚会的地点放在阿林那里！"阿健若有所思，清了清嗓子说："好的，我去通知其他人。"

12时许，我们相继赶到了广州烈士陵园。伫立在门口，我迟迟没有进去，因为阿林还没有来，见我发愣，阿强说："老大，我们进去吧！阿林已经在里面等了很久了。"跟在他们后面，我也走进了陵园。在到了当年阿林坐过的石凳周围徘徊许久后，却终始不见阿林。难道当年的6人之约竟然变成今日的5人之聚了吗？这时，阿明提议："老大，让我们为阿林默哀三分钟吧！"是啊，阿林不是在2004年就倒在了羊城的土地上，早已魂归赣都的大山深处了吗？难道我真的忘记了吗？

我怎么能够忘记，阿林可是我的好兄弟啊！2004年7月的一天上午，阿林在巡逻了整整一个晚上，早已非常疲惫，在接到上级要求其协助外地警方执行抓捕任务后，他欣然前往，不幸在途中遭遇台风撞上电线杆，顿时车毁人亡。事后，我从阿强、阿健那里得知，原本阿林完全可以不出去的，因为那天该是他轮休了。但是，阿林还是接受了这个额外的任务，直至付出了宝贵的生命。阿林牺牲后，当地的媒体给予了长篇报道，当地许多群众和校友都来参加了他的追悼会，组织上也给予了奖励。但是，对于阿林而言，这一切虽然顺其自然，但不会再重要，就像是在羊城午后一场细雨后必将化成晴天白云一样。

阿林生前最喜欢去的地方，就是广州烈士陵园。他常对同在广州的阿健、阿强说，只有到这个地方，只有在这个寂静的环境里，他才能想起自己那个被烈士洒满鲜血的老家，才能感受到大山深处的慈母。如今，他回家了，但是从此却没有了笑声。

默哀完，我们5人便向牺牲在这片热土的共和国烈士献花。我们知道，阿林再也闻不到花的香味，但是我们的思念将随着祝福飞向吉安的那个山村……

一个小时过后，阿健带我们来到了四年前聚会的那家酒店。物是人非，席间，我们虽也有欢声笑语，但是氛围仍很沉重，因为缺少了爽朗的阿林。阿林的位置，

我们一直空着,就像是我们心中永远留着一个空间。

或许思念是一种痛楚,酒精越多,思念越深。酒醉了,人却更清醒,清醒过后会是什么?我不停地问自己:人的一生究竟会有多少次相聚?难道每次相聚总是以人数的减少来交替和延续吗?

时间一分一秒地流逝,我的思绪仍停留在某个时候,某个地方,某个人身上。

人生苦短。珍惜生命,珍惜现在相聚的时光。

一瓶酒水

栾承舟

    有一个富翁，年轻时家里很穷，他的父母都是农民，他从小就生存在一种饥饿和窘迫之中。节日的花衣服，过年的压岁钱，喜庆的爆竹，父母的呵护……这些本属于孩子的专利，都与他无缘。

    最使他难忘、终身感恩的是小伙伴们对他无私、真诚的帮助和呵护。只要小伙伴手里有两块糖，肯定有他的一块；伙伴手里有一个馍馍，那肯定有他的一半。在贫穷和饥饿之中，还有什么比这些更宝贵的东西呢？

    一眨眼30年过去了。在这段时间里，世界上许多事情都变了模样。此时富翁步入中年，外出闯荡，今非昔比。30年的奔波劳碌，摸爬滚打，算计别人也被别人算计，富翁一路风尘地走过来了，成了一个稳健、精明、魅力非凡的企业家。有一天，少年离家的他动了思乡之念，于是，在一个艳阳高照的日子里，富翁回到了家乡。当日，他走遍全村，感谢叔伯大爷，兄弟姐妹这些年对父母的照顾，并给每家送了礼品。夜里，富翁在自家的堂屋摆桌请客。赴宴者全是从小光着屁股一块儿长大的伙伴，他们自然也是四十几岁的中年人了。

    按照那里的风俗，赴宴者都要带点礼品表示谢意。大家来的时候，都带着礼品，都很丰厚。富翁一一令人收下，准备宴席之后，请大家带回。当然还有自己馈赠的礼品。正当大家热热闹闹，布菜斟酒的时候，门开了，一个儿时旧友走进门来，他手里提着一瓶酒连声说："对不起，我来晚了。"

大家都知道这个朋友日子过得很难，其情其境，一点儿也不亚于富翁儿时。富翁起身接过朋友提来的酒，并把他拉到自己身边坐下。朋友的眼里闪过一丝不易察觉的慌乱。富翁亲自把盏，他举起手里的酒瓶，说："今天，我们就先喝这一瓶酒，如何？"一边说，一边给大家一一倒满，然后一饮而尽。

味道咋样？富翁问，所有赴宴者面面相觑。默不做声，旧友更是面红耳赤。

富翁瞧了一眼全场，沉吟片刻，慢慢地说："这些年来，我走了很多地方，喝过各种各样的酒。但是没有一种酒比今天的酒更好喝，更有味道，更让我感动……"说着站起身，拿起酒瓶，又一次给大家斟酒，"再干一杯。"

喝完之后，富翁的眼睛都湿润了，朋友也情难自抑，流泪了。

他们喝的哪里是酒，那分明就是一瓶水呀！

朋友即使是带着一瓶水作为礼品，仍然想见见多年未见的朋友，富翁喝着"以茶代酒"的酒水感动得落泪。这份如水般纯净的真情能不让人颤动吗？

心灵寄语

"千里送鹅毛，礼轻情谊重。"情谊无价，友情无边。我们要珍惜友情，因为这是如水般纯净的心啊。

二十年的承诺

佚 名

　　硫酸厂的一个贮酸灌因为腐蚀严重，出现渗漏。这样的渗漏现象时有发生，但这次的情况却异常严重，因为上一个班的操作人员放入了大量的硫酸，酸液已从慢慢向外渗变成了连续喷洒。只有急速地把硫酸排到另一个酸罐里，才能化险为夷。年轻的班长拿起铁锹，穿上防酸衣就准备行动，他却阻止了班长："还是我来吧，每次都是我处理的。"

　　班长想了想，就答应了他。他是老工人了，经验多。班长于是说："我和你一起去！"

　　"不，还是我一个人去吧。万一我死了，你们要帮我照顾一家老小。"他笑着说，然后慢慢地走近酸罐，蹲下身来准备处理的一刹那，他还回头向朝夕相处的同事挥了挥手。

　　他一扳开阀门，就被一股巨大的力量推出了很远，然后大量的白雾升起……班长大喊："快跑，酸罐崩了。"他死了，很凄惨，现场只剩下他的头发、防酸手套和衣裤。

　　他死后，他的女儿被招进工厂。工友们不让她干粗活儿，只让她干一些抄表、打水之类的轻巧活儿。她在班里过得很快乐，工友们待她很好。

几年后，班长被领导选中去担任车间主任，但他拒绝了。他说，他在班里待惯了，舍不得工友。其实，大家都知道，他是放心不下她。这个班在班长的带领下，年年被评为先进，工友们团结一致，干得很卖命。

二十年以后，这家化工厂陷入困境，需要裁员，她所在的班要减去三人。她想自己是女同志，也没出过什么力。这些年，他们待她很不错，她应该把机会留给别人，这时候该走的是自己。

她把自己的想法告诉了班长。班长说："你还是留在这里吧，我年纪大了，我该退休了。再说，我到外面还能找到事干，而你更需要这份工作。"

她被迫同意了。可她没想到，班组的另外九个人都向车间要求辞职，令车间主任大惑不解。

她现在才明白，他们为了她，都愿意牺牲自己让她继续留下来工作。她感激地说："我决定留下来，你们也要陪着我。"工友们说，如果她下岗了，他们都不在这里干了。

听完这个故事，心一次次被它感动和温暖。岁月沧桑，人事俱非，但他们依然牢记当初那位因公早逝的同伴。二十年过去了，他们的心却从来没有改变过，他们清楚地记得同伴说的那句话，并且时刻准备着为这句话而牺牲自己。

心灵 寄语

在生命面前，只有这样坚守一生的承诺才配与他面对面谈话；而无论在什么地方什么时候，承诺总是一个人用自己的良心，去坚守的。请相信，人生没有比坚守承诺更值得尊敬！

假如朋友欺骗了你

慕 菡

谎言和空气一样，都是实实在在存在于生活中的东西。只是看不见摸不着罢了。谎言带来的总是伤害，当你被陌生人欺骗时，你也许只是恼恨地埋怨；当你被朋友欺骗时，你会不知所措和难以置信，然后是彻底的伤心和失望。毕竟交付的是一颗信任的心和一段甚笃的情。

我们信任一个人，由衷地信任，于是想倾诉，于是想聆听，于是想依靠，于是想一同欢笑，一同流泪，一起吃苦，一起幸福，于是我们有了一份情愫，它的名字是友谊。心灵的交汇是难得的，友谊就是在交汇的刹那闪现出的灵动无比的光芒。有了这份情愫，人生变得不再孤单、不再寂寞。

人往往是脆弱的，人性的软弱给了我们善良脆弱的心，而这样的一颗心让我们从不会主动意识到生活中的某些阴暗，尤其是当我们由衷地信任着一个人时，我们很难相信他也会带给我们伤害和眼泪。我们是那么在乎的把这份情愫捧在手上，放在心上，一旦发现它竟镀上了欺骗的色彩，成了伤害我们的利剑，那时候恐怕连愤怒的力气都没有了。

面对朋友的欺骗，我们可以有很多种选择。我们可以不再和他做朋友，可以把这段情谊从生命中抹去，可以用同样的办法报复，可以告诉别人他的恶劣。我们还可以以德报怨，宽恕他、包容他、谅解他。没有人可以帮助你选择，自主权完全在你自己的手中。只是，如果我们选择了前者，我们是不是能真正地感到舒服，得到补偿？扪心自问，自己真的能把一切从生命中抹去吗？你忘不了眼泪，

同样也就忘不了欢笑，作为朋友的你们毕竟有过珍惜和感动的岁月。如果你选择报复，你势必和他成了一样的人，不管有什么客观原因，你的品质都会遭到质疑，反而得不偿失。你可以向别人诉说，大肆宣扬他的卑劣，如果不出所料，这种诉说只会增加你的伤痛，让你背上更加沉重的负担。

被朋友欺骗是可悲的，毕竟把感情当做工具是一件很难被容忍的事情。可是，我们可以心平气和地想一想朋友的处境，他也许有不得已的苦衷。就算是为了慰藉自己的心灵，你也一定要尝试着这样想。我们可以用宽容的心给自己释怀，流过了眼泪，伤过了心，问题还是要解决，适当地谅解和放手是对自己的解脱。你可以不再追究，可以不再提及，甚至可以默默承受所有的伤痛。你可以给朋友一个机会，安静地听他解释，看他忏悔，然后用你的拥抱告诉他，你们还是朋友。你的宽容就是对朋友最重的惩罚，他会在人性的对比中完全失去光彩，让心灵背上沉重的包袱。当然，容忍和宽恕也是有限度的，当这个人一而再、再而三地欺骗和伤害，危及了我们最根本的原则和利益时，从某种意义上来说，他已经不再是你的朋友了。这个时候就要学会自我保护，义正词严地警告和阐明真相，让他受到来自社会和道义的惩罚。

辨别真伪，以德报怨，让我们用人性的光辉照亮友情的至高境界。用海纳百川的胸襟和气度去容忍、去宽恕，去忘记朋友的一时之过错。永远记住美好的东西，毕竟这对于你来说，是一段历程、一种享受。退一步，你得到的不仅仅是海阔天空。

心灵 寄语

很多时候我们都应该用一颗包容的心去面对事情，即使被朋友欺骗也不应该用偏激的方法来对待，宽容是给对方是好的回应。朋以之间需要理解，需要忍让，更需要真诚的面对彼此，只有这样才会收获真正的友谊。

人生需要真挚的友情

雨 蝶

　　苏格兰名作家及笑星劳得常打趣观众说："你们肩并肩坐了两小时，没有一个和邻座的人谈话！"观众觉得他这句话真逗人。于是，很少有人不转头和邻座交谈。

　　就是这么简单容易。一句话，一个微笑，邻座的人就可能成为自己的朋友。在我们的一生中，时常会因为太自高自大，或者太自惭形秽而得不到好的友情。

　　有一次，大风雪后，积雪满街，交通断绝。我们公寓大楼中的煤用完了，食品杂货店的人没送货来，没有自来水，电梯也因故障而不动。从来没有交谈过的邻居们相互敲门，愿意接济食物、牛奶、唱片等等。有户人家举行舞会，使我们大家兴致热烈起来。参加舞会的人从11岁到75岁的都有。我们这才发现，大楼的管理员会弹钢琴。

　　当时我想：如果平时能有这种友好互助的精神，那幢大楼中每天的日常生活会多么生色！

　　在旅行时你当然可以冷然拒人于千里之外，但是，那种态度也会使你不能享受众人之乐。你如果看不到世人的内心，你就看不到世界。打开袜盒让顾客挑选的女店员、街头值勤的警察、公共汽车司机、电梯司机、擦鞋童，他们都是有个性的人，每个人都有一个丰富的内心世界。我们大多数人总是陷入刻板的生活，每天见同样那几个人，和他们谈同样的事。其实，和陌生人谈话，特别是和不同

行业的人谈话，更能给你提供新的经验和感受。乡野的农人、偏僻地点加油站的工人抱着孩子的极为得意的女人，全能使我衷心愉悦，觉得世界上充满了生机。

我们许多人自觉没有什么可以给人，但是我们至少可以接受别人的盛情。如果我们不是熟视无睹，而是仔细看人，我们很可能从他的眼光中看到他心有疑难。我如果看见车站上有一个女人在流泪，一个孩子眼露痛苦之色，或是一个外国人身在异乡、手足无措，而不上去询问协助，我就不能原谅自己。

我认识的一位妇人乘火车西行，在中途一个荒野小镇停车时下车散步。这时东行的火车也到站，两列车有很多的乘客在车站上悠闲踱步。她看到个面带笑容的男子，两人便谈起话来，一同散步，火车鸣笛催促乘客上车时，那男子说："我们也许从此不会再见面了。"他们握手道别，却登上了同一列火车！

其后许多年，他们互相通信，直到离世。两人所求者都不是恋爱，而是珍贵的友情。

问问你自己：你的知己中，有几个是经过正式介绍而认识的？我记得我在一处海滩上认识的鲍尔德，就是他从水中走上来，我正要走下水去时认识的；我在纽约一家餐馆中遇到艾伯特，是他正在看一本我当时极为欣赏的书时认识的；我在大峡谷遇到戈登，他初睹奇景，急欲找人一谈，就在他对我一吐为快时，我们相识了。

亿万人的情绪感觉各有不同：有的孤独，有的抱着希望，有的烦忧沉郁。在人生的长途中，这种心情和感觉均需要伙伴，需要友情。本来是陌生人，有一个人伸出手来，就成了朋友。

　　人生离不开朋友，但要得到真正的朋友才是不容易；朋友之间的情感总需要忠诚去播种，用热情去灌溉，用原则去培养，用谅解去护理。

一枚见证纯洁友情的胸针

冷 薇

那一年，他遇见她的时候，他刚刚过完36岁生日；而她，还是一个23岁的女孩儿，瘦削的身材，矜持内敛的性格。他第一眼看见她时，心有一种微微的颤动。她是那么的迷人，一双美丽的眼睛就那样安静而有点儿无助地望着你，长长的睫毛上面挂满了无尽的忧伤。

她让他陡生爱怜。

他们都是演员。那是他们第一次合作，分别饰演戏中的男女主角。那时，他已是好莱坞的大牌明星了，是人们心中的偶像。而她还是个名不见经传的小人物。用现在的话说她还是第一次"触电"。因为这部戏，他们两人天天聚在一起。她在他的面前，有时候喜笑颜开，显得是那么的温顺娇小；而有时候又是那么的冰冷孤傲，拒人于千里之外，仿佛没有谁能够走进她敏感而聪明的内心世界。在那次合作里，他忽然发现自己已分不清戏里戏外了。

那是一次成功而经典的合作，每一天，他对她百般照顾，细心而充满柔情地呵护着她。在拍戏之余，他们常常在黄昏时分、在暮色四合的时候，沿着附近一条静静的小河散步。一轮明月升上来了，它含笑看着树阴里那两个并肩而行的年

轻人。清澈而明净的河水，也一天天悄悄地偷听着他们的话语，被那真挚而纯净的心声打动得发出潺潺的声响。他们走着，有时候她会伸出冰凉的手来握住他温热的手。他们是不是已经闻见了彼此的心香？这是种爱情的香味吗？让人陶醉、甜蜜、慌乱而又怅惘。

那时候，他第一次婚姻已经走到了尽头。他多么渴望得到她的爱情啊！然而，从小受到父母离异之痛的她，对离了婚的他感到害怕，因而远远地离开了他，有情人没能成为眷属。

1954年9月，当她和丈夫结婚的时候，他千里迢迢赶来，参加了她的婚礼。其实，她的丈夫，也是他后来介绍的，是他的好朋友。他送给她的结婚礼物是一枚蝴蝶胸针。

1993年1月20日，63岁的她在睡梦中飞走了。而他来了，他来看她最后一眼，他心中那个永远娇小迷人、眼睛里总是盛满了忧伤的女孩儿。

2003年4月24日，在著名的苏富比拍卖行举行了她生前衣物、首饰慈善义卖活动。那天，87岁高龄的他拄着拐杖，颤巍巍地前去买回了那枚陪伴了她近四十年的胸针——那一年他送给她的蝴蝶胸针，现在，它温暖着他的胸腔。

2003年6月12日凌晨，他也闭上了眼睛。在看见天国的时候，他是否也同时看见了他的天使呢？

——他们第一部合作的那部电影叫《罗马假日》。她是电影史上永远让人魂牵梦绕的"公主"奥黛丽·赫本；而他，就是被誉为"世界绅士"的格里高利·派克。他们超越爱情之上的纯洁友情永远让这个世界为之唏嘘动容。他们纯洁友情的故事，对现在的一些红男绿女来说，永远是一剂可以净化心灵的良药。

友情，因为超越而变得崇高和圣洁。

友情，因为圣洁和崇高才有了分量。

心灵寄语

　　真正的友情和真正的爱情一样纯洁。友情不等于爱情，但友情可以发展为爱情。有距离是友情，没距离了可能就升华为爱情了。男女之间友谊和爱情的界限之一便是距离。

给你一杯白开水

冷 柏

或许是贫穷之故，总没有一个女孩儿喜欢我。但我并不在乎，反正还未到恋爱的季节。

上大一时，才尝到穷的味儿。天天都吃青菜白饭，而又受到意外的沉重打击，因此在各方面都很失意。空虚脆弱的生命就这样徘徊于岁月的边缘。意料之外，天上却掉下个"林妹妹"——一个叫文的长着一双大眼睛的美丽女孩儿。在校园小道上给我甜甜的笑，在宿舍里给我甜甜的"糖水"。文常常给我帮助，给我鼓励和信心，并用殷切的关注，为我擦拭生命中的脉脉清泪。在我心灵的溪水中流淌着灿烂如花的笑容，倒映着她清纯的影子。于是，在我荒芜的诗行中悄悄地种下了思念的种子，于风里来雨里去的岁月里，吐出了片片嫩绿的小叶。

情感的风筝在灵魂深处飞来飞去，空虚脆弱的心在午夜徘徊成一首首难眠的诗，使我柔肠百结。无数次的迷惘和痛苦之后，我终于鼓起了最大的勇气，给她冲了一杯甜甜的糖水。

"因男孩儿的特别感觉而误认为我以往给你的开水是糖水，所以你也给我糖水，是吗？"她淡淡地说，"我只要白开水，不需要加糖！"我却仰起脖子一饮而尽。她吃惊地瞪大眼睛，喊道："我们都只要白开水！无意看轻谁，更不想伤害谁，你何苦折磨自己呢？"我的心纷纷扬扬成了零碎的雪花，悄悄地飘落……

当我平静下来时，真诚地给她倒了一杯白开水，可她因怀疑我暗暗加糖而拒绝。她望着这杯开水说："我本以为你很优秀很优秀，在此之前你在我心中是完美的，想不到你却如此令我失望。"听完她的话我泪如泉涌。我错了。这本是很美的友情，我却错把它当做爱情而使彼此的友谊变得庸俗。

友情是一泓清泉，请不要乱投石子儿搅浑它。有些东西不能跨越而盲目跨越，只能使我们陷于污泥之中不能自拔。受伤的情感如一道伤口，纵使愈合，依然留下伤疤。不小心碰触它总有一阵朦朦胧胧的痛，使我们的友谊多了负疚少了圣洁。友情如一杯纯净的水，加进了爱情的方糖，虽甜，但总不如原先纯净。

爱情是一粒种子，让它埋于心灵深处，它自有它的美丽，或许它会悄悄地生根发芽的；如果你把它当做果实，它便不再会有漫长的历程和永恒的美丽！

文，爱情的创伤我可以抚平，失去你的友谊我却承受不了。请让我给你一杯白开水，绝对不加糖的，好吗？

心灵 寄语

生活中，爱情确实常常紧跟着友情，多少男女正是因为友情而走向爱情的。无论怎样交往都应该要适度，否则一不小心将会滑入使人堕落的陷阱。当友情在心灵深处泛起感情的波澜时，应该审视地判明：是爱情，还是友情？

生命的药方

张四华

德诺十岁那年因为输血不幸患上了艾滋病，伙伴们全都躲着他，只有大他四岁的艾迪依旧像从前一样跟他玩耍。离德诺家的后院不远，有一条通往大海的小河，河边长满了五颜六色的花朵，艾迪告诉德诺，把这些花草熬成汤，说不定能治他的病。

德诺喝了艾迪煮的汤并不见好转，谁也不知道他能活多久。艾迪的妈妈再也不让艾迪去找德诺了，她怕一家人都染上这种可怕的病毒。但这并不能阻止两个孩子的友情。一个偶然的机会，艾迪在杂志上看到一则消息，说新奥尔良的费医生找到了能治疗艾滋病的植物，这让他兴奋不已。于是，在一个月明星稀的夜晚，他带着德诺，悄悄地踏上了去新奥尔良的路。

他们是沿着那条小河出发的。艾迪用木板和轮胎做了一只很结实的船。他们躺在小船上，听见流水哗哗的声响，看见漫天闪烁的星星，艾迪告诉德诺，到了新奥尔良，找到费医生，他就可以像别人一样快乐地生活了。

不知走了多远的路，船破进水了，孩子们不得不改搭顺路汽车。为了省钱，他们晚上就睡在随身带的帐篷里。德诺的咳嗽多起来，从家里带的药也快吃完了。这天夜里，德诺冷得直发颤，他用微弱的声音告诉艾迪，他梦见二百亿年前的宇宙了，星星的光是那么暗那么黑，他一个人待在那里，找不到回来的路。艾迪把自己的球鞋塞到德诺的手上："以后睡觉，就抱着我的鞋，想想艾迪的臭鞋在你手上，艾迪肯定就在附近。"

孩子们身上的钱差不多用完了，可离新奥尔良还有三天三夜的路。德诺的身体越来越弱，艾迪不得不放弃计划，带着德诺又回到家乡。不久，德诺就住了医院。艾迪依旧常常去病房看他。两个好朋友在一起时病房里便充满了快乐。他们有时还会合伙玩装死游戏吓医院的护士，看见护士们上当的样子，两个人都会忍不住大笑。艾迪给那家杂志写了信，希望他们能帮忙找到费医生，结果却杳无音信。

秋天的一个下午，德诺的妈妈上街去买东西了，艾迪在病房陪着德诺。阳光照着德诺瘦弱苍白的脸，艾迪问他想不想再玩装死的游戏，德诺点点头。然而这回，德诺却没有在医生为他摸脉时忽然睁眼笑起来，他真的死了。

那天，艾迪陪着德诺的妈妈回家。两人一路无语，直到分手的时候，艾迪才抽泣着说："我很难过，没能为德诺找到治病的药。"

德诺的妈妈泪如泉涌："不，艾迪，你找到了。"她紧紧地搂着艾迪，"德诺一生最大的病其实是孤独，而你给了他快乐，给了他友情，他一直为有你这样的朋友而满足……"

三天后，德诺静静地躺在了长满青草的地下，双手抱着艾迪穿过的那双球鞋。

友情是人生最宝贵的东西。孤独的人更需要拥有一份真诚的友情，就像寂寞沙洲中的小草，需要雨露的滋润。

因为她是我最好的朋友

佚 名

那是发生在越南的一个孤儿院里的故事，由于飞机的狂轰滥炸，一颗炸弹被扔进了这个孤儿院，几个孩子和一位工作人员被炸死了。还有几个孩子受了伤。其中有一个小女孩儿流了许多血，伤得很重！

幸运的是，不久后一个医疗小组来到了这里，小组只有两个人，一个女医生，一个女护士。

女医生很快地进行了急救，但在那个小女孩那里出了一点问题，因为小女孩儿流了很多血，需要输血，但是她们带来的不多的医疗用品中没有可供使用的血浆。于是，医生决定就地取材，她给在场的所有的人验了血，终于发现有几个孩子的血型和这个小女孩儿是一样的。可是，问题又出现了，因为那个医生和护士都只会说一点点的越南语和英语，而在场的孤儿院的工作人员和孩子们只听得懂越南语。

于是，女医生尽量用自己会的越南语加上一大堆的手势告诉那几个孩子，"你们的朋友伤得很重，她需要血，需要你们给她输血！"终于，孩子们点了点头，好像听懂了，但眼里却藏着一丝恐惧！

孩子们没有人吭声，没有人举手表示自己愿意献血！女医生没有料到会是这样的结局，一下子愣住了，为什么他们不肯献血来救自己的朋友呢？难道刚才对他们说的话他们没有听懂吗？

忽然，一只小手慢慢地举了起来，但是刚刚举到一半却又放下了，好一会儿又举了起来，再也没有放下了！

医生很高兴，马上把那个小男孩儿带到临时的手术室，让他躺在床上。小男孩儿僵直着躺在床上，看着针管慢慢地插入自己的细小的胳膊，看着自己的血液一点点地被抽走！眼泪不知不觉地就顺着脸颊流了下来。医生紧张地问是不是针管弄疼了他，他摇了摇头。但是眼泪还是没有止住。医生开始有一点儿慌了，因为她总觉得有什么地方肯定弄错了，但是到底在哪里呢？针管是不可能弄伤这个孩子的呀！

关键时候，一个越南的护士赶到了这个孤儿院。女医生把情况告诉了越南护士。越南护士忙低下身子，和床上的孩子交谈了一下，不久后，孩子竟然破涕为笑。

原来，那些孩子都误解了女医生的话，以为她要抽光一个人的血去救那个小女孩儿。一想到不久以后就要死了，所以小男孩儿才哭了出来！医生终于明白为什么刚才没有人自愿出来献血了！但是她又有一件事不明白了，"既然以为献过血之后就要死了，为什么他还自愿出来献血呢？"医生问越南护士。

于是越南护士用越南语问了一下小男孩儿，小男孩儿回答得很快，不假思索就回答了。回答很简单，只有几个字，但却感动了在场所有的人。

他说："因为她是我最好的朋友！"

心灵 寄语

孩子间无邪的友谊，甚至愿意为之献出生命，可敬，可叹哪！

美丽的谎言

静 松

在高三的毕业晚会上，我担任主持人，我们出了一个很浪漫的节目，每个同学都在纸条上写自己最喜欢的同学的名字，并写出喜欢他的理由，当然是不用署名的；然后由我当众宣读。这个提议让大家格外兴奋，这也许是最后一次说出埋藏在心底秘密的机会了；同时，大家也很想知道，自己是否也被人悄悄地关注着、喜欢着。我看到，在五彩的灯光下，同学们的脸上都洋溢着青春的激情和焦灼的期待。很快地，纸条便收集到了我的手中，当我开始念名字时，全场顿时安静下来，大家的眼睛都紧盯着我，眼里写满了紧张和不安。随着我念出那些名字和那些与之有关的温情脉脉的文字时，全场人的目光便都会聚集到被念到名字的同学身上。而那个写出名字的幸运的同学，则会略带羞涩地、不自然地微笑着，并且有点儿不知所措；但我们可以看到他脸上掩饰不住的喜悦，随着纸条一张张念下去，教室荡漾起明媚的气息。

在我即将念完最后几张纸条时，我发现，班上所有同学的名字都提及了，唯独没有我的同桌，那个模样平常，学习一般，性格孤僻的女孩儿。她这样的女孩儿是很容易被人忽略和淡忘的，此时，我看见她正把头埋得低低的，或许这个节目使她感到非常难堪。我突然涌起怜惜之感，就在这一刻，我做出了一个决定，我要帮帮她，我拿出一张纸条——上面当然不是她的名字，但我却一本正经地念出了她的名字，并编了一个喜欢她的理由——我喜欢她，也许你不知道自己的美，其实，你沉默和文静的样子，是女孩子另一种独特的美。当我编完后非常出乎大家的意料，大家的目光一下子就转移到了她的身上。她更是没有想到我会念出她的名字，便慌张地抬起头，惊讶地望着我，像是在问，这是真的吗？我微笑着向她点点头，我可爱的同学，居然一齐为她鼓起了掌，掌声真挚而深情。在这突如其来的幸福面前，她脸色绯红，眼里闪烁着泪花，不知所措。

从那以后，她像换了个人似的，在高三最后几天里，她终于第一次和那些漂亮的女生肩并肩有说有笑地走在一起了；她也开始和男生大大方方地交谈了，就这样教室里第一次有了她明朗的笑声。

在同学们的毕业留言本上，她为每一个同学都写下了一句相同的话：能与你做同学，是我今生最大的快乐。在我们最后告别校园时，她在那群流泪的女生中哭得最凶。

一个简单而美丽的谎言，居然也可以改变一个人的生活态度。

心灵寄语

也许，你不知道自己的美，其实，你沉默和文静的样子，是女孩子另一种独特的美。只要有了自信，你就是美丽的！谎言有时也美丽！

心　花

芷　安

　　我是苍茫大山的女儿，常常穷得只剩下梦想。别的同学可以将汇款换成大把大把的快乐，而我只能在图书馆、教室、寝室留下苦读的身影。

　　所以，当老师将300元的一等奖学金递到我面前时，我先是慌得不知所措，继而惊喜万分地双手接过。躺在床上，面对那一叠不厚不薄的钞票，爸爸累弯的腰，妈妈缺乏营养而蜡黄的脸，那个一贫如洗的家，没商没量地纷纷涌到了我眼前。妹妹马上要参加高考，没有复习资料是不行的，得寄她50元；弟弟的学费也许还欠着呢，给他留30元算了；嫂嫂正在坐月子要钱买营养品，至少得50元；春耕又开始了，爸妈肯定又在为化肥钱东家借、西家凑，想着他们涨红了老脸，低声下气求别人的样子，我的泪一下子涌了出来。50元不够，那就拿100元吧。唉，怎么一会儿就只剩下70元了呢。妈妈那件衬衫补丁一个叠着一个，买件新的20元该够了吧？爸要买的则太多了：鞋子、衬衫、长裤。

　　为了供我们姐弟三人上学，家里日子一直很拮据。为此，我放弃了自己心爱的法律专业，报考了有补助的师范。唉，不想了，一想起家里的窘境，真想大哭一场。

　　我跳下床，一不小心踩在了鞋子上，那双不堪负荷的鞋已成了"开口笑"，看来不买一双是不行了。300元奖金转眼"烟消云散"。

　　"请客！"几个室友蜂拥而入。"请什么客？"我一时有点儿莫名其妙。"别装蒜了，那么多奖金，不意思一下可不行哟。"

　　天，我怎么将"请客"这茬儿给忘了！"请客"是我们寝室的传统。谁交了男友，谁有了汇款，谁捞了点儿外快，不请众姐妹吃一顿就别想过好日子。我深知自己无力回报，所以她们每次请客我都尽量回避。但无奈每次她们拉的拉，扯的扯，让我无法推脱。坐在她们中间，听着她们无忧无虑的笑声，想着欠人家这份情如何偿还，往往我是吃的时候少，伤心、不安的时候多。但我从不愿将我的一切告诉她们，我不愿看到别人同情的目光。我只有将自己的苦和泪埋在日记里，我很想"奢侈"一回，大大方方地请姐妹们过上一把瘾，可是这样一来，妈妈的衬衫、我的鞋子就全成了泡影。但是我不请的话，她们肯定会瞧不起我，说我死抠。听，雪儿好像正在说什么"早知人家瞧不起咱，真不该自讨没趣"。不，即使光脚走路，也要请小姐妹们一次。我不能容忍自尊心的损伤。

　　我努力微笑着："姐妹们，今天晚上我请客。"大家因为我先前沉默了一大阵，这会儿又蹦出这样一句话，都怪怪地瞟我一眼，又各忙各的了。我屈辱到了极点，憋着气，拉开门跑了出去。刚带上门，雪儿愤愤的声音尾随而至："我们哪次请客没请她去？这次好不容易轮上她了，却一毛不拔，真是。"叶子接着说："总请她吃，连咱们的友情都被吃掉了，小气鬼！"

　　我再也听不下去了，边捂着嘴流泪边跑。如果能够挽回她们对我的友好，我宁愿用全部的300元，甚至3000元请她们，只要她们不误解我，不敌视我，不对我冷冰冰的，我什么都愿做。我实在不愿被打入友情的冷宫。

　　傍晚，我提着一大包东西回来了。包里有雪儿爱吃的花生米、叶子爱嗑的海

瓜子、玲玲喜欢吃的兰花豆，我还特意给珊买了本她梦寐以求的杂志。至于妈妈的衬衫、我的鞋子自然依旧躺在梦想中了。我在寝室门口调整好表情，轻轻推开门，意外地，屋里一个人也没有。难道她们就这样联合整我、排斥我？好不容易提起的心情又沉进了万丈深渊。我一头栽在枕头上，却发现枕旁放着一叠钱和一张纸条，纸上写着：

阿云，我们出于一种阴暗的好奇心偷看了你忘记收起的日记，才知道你一直多么坚强地面对着生活。可上午我们却那样残酷地伤害了你。你为什么不早告诉我们你的一切呢？你错了，我们从未轻视过你。这80元钱是我们8个人凑起来的，别逞强，收下吧，它不是施舍，是友情。

小云，再一次请你原谅我们庸俗的言行，原谅我们的肤浅和无知吧。

你永远的室友

风轻轻，花淡淡，静静的黄昏里一种声音温柔地传来，幽长幽长……我知道那是花开的声音。我小时候就听奶奶说过：每一个人心里都有一朵美丽的心花，而且只有在特殊的情况下才盛放。雪儿、叶子，此刻我清晰地听到有一种声音从你们心灵深处悠悠地传来，轻轻柔柔地渗进了我的生命……

那就是花开的声音吧！

心灵 寄语

人世间最宝贵的是什么？法国作家雨果说得好：善良。"善良是历史中稀有的珍珠，善良的人几乎优于伟大的人。"同学们之间金子般纯洁的友谊，让人为之动容。

朋友应该做的事情

友情是一种很美妙的东西，可以让你在失落的时候变得高兴起来，可以让你走出苦海，去迎接新的人生。而只有拥有真正朋友的人，才能感受到它真正的美好之处。

天 使

佚 名

那时我还是个高一的学生。一天，我看到班上一个男生正从学校往家里走。他名叫凯尔。看上去他似乎带着他所有的书。我心里想："何必在周五把所有的书都带回家呢？肯定是个书呆子。"我早就把周末安排得满满的了（聚会及明天下午和朋友们的一场橄榄球赛），所以我只是耸了耸肩，继续赶路。

走着走着，我看到一群孩子向他跑去，他们向他冲去，撞落了他怀里所有的书，又绊了他一脚，使他跌倒在泥地里。他的眼镜也飞了出去，我看到它落在离他大约十英尺以外的草丛里。他抬起头来时，我看到了他眼中的极度悲伤。我很同情他，因而我向他跑过去。他正在地上爬着四处寻找眼镜，我对他说："那帮家伙是笨蛋，他们真应该受到惩罚。"他望着我说："嗨，谢谢！"脸上露出了明显的微笑，那种表示真诚感激的微笑。

我一边帮他捡书，一边问他住在哪里。原来他住得离我很近，所以我便问为什么以前没有见过他。他告诉我以前他在私立学校读书。以前我从来不与上私立学校的孩子交往。一路上，我们边走边聊，我还帮他拿了一些书。我发现他是个相当酷的男孩。我问他是否愿意跟我的朋友们一起踢会儿橄榄球，他说愿意。

整个周末我们都在一起玩。我越是了解凯尔，就越是喜欢他。我的朋友们也有同感。

周一的早晨，凯尔又带着那一大堆书出门了。我拦住他说："伙计，你每天带着这堆书，一定能实实在在地练好一些肌肉。"他只是笑了笑，把一半书递了给我。在以后的四年中，我和凯尔成了最好的朋友。进入四年级后，我们开始考虑上大学的事了。凯尔决定去乔治敦大学，而我想去杜克大学。我知道漫长的距离永远不会成为问题，我们永远会是好朋友。凯尔打算以后做医生，而我则靠橄榄球特长所获得的奖学金专攻商科。

凯尔将代表全班在毕业典礼上致告别辞。我一直讥笑他是个书呆子。他必须为毕业典礼准备一份讲稿，我则庆幸在那儿站起来致辞的不是我。毕业典礼那天，我看到了凯尔，他看上去很帅。他是在高中阶段发现了自己特长的那些人之一。他长得壮实了，带着眼镜，显得很神气。他的约会比我多，所有的女孩都喜欢他。好家伙，有时候我还真挺妒忌，今天就是这样。我看得出他对演讲感到紧张。所以，我便拍拍他的后背说："嗨，伙计，你一定能行！"他用以往的那种眼神（那种真诚感激的眼神）望着我，微笑着说："谢谢！"

他清了清嗓子，开始致辞："毕业之际是向那些曾帮助你渡过艰难岁月的人们表示感谢的时候，包括我们的父母、我们的老师、我们的兄弟姐妹，也许还有教练，但是最应感谢的是我们的朋友。在此，我想告诉大家，做某人的朋友是你所能给予他的最好礼物。下面我要给你们讲个故事。"我望着我的朋友，简直不敢相信，因为他说起了我们初次相遇的那天所发生的事。他本已打算在那个周末自杀。他讲到如何清理干净自己的柜子，免得母亲以后再去清理；如何把所有的东西带回家。他使劲看我，并对我微微一笑。"谢天谢地，我得救了。我的朋友救了我，使我没做那说不出的傻事。"

当这个相貌英俊、招人喜欢的男孩儿把他最

脆弱的时刻全讲给我们听的时候，我听见人群中发出惊愕的声音。我看见他的父母望着我，脸上同样挂着感激的微笑。直到那一刻我才意识到它的深意。永远不要低估自己的行为所能产生的力量，你的一个小小的动作也就能改变一个人的一生。不管是好是坏，上帝将我们都投入彼此的生活之中，让我们以某种方式互相影响。在别人的身上寻找上帝吧。正如你能看见的，"朋友是天使，当我们的翅膀不记得如何飞翔时，他们将把我们托起。"

友谊的翅膀有无穷的力量，托起我们越飞越高。感谢朋友，感谢友情，感谢生活吧。

半支铅笔的温暖

雅 枫

    平时我很少看港台的娱乐节目，总觉得太无厘头，但这次偶尔看了一会儿，心中却被悄然打动。

    说是一个女孩儿，想找一个曾在十多年前暗恋的男孩儿。流年飞逝，斗转星移，她年少时的情思他却一<u>丝丝</u>也不知道。此后，两人分离，辗转，各自生活，相互再没有音讯联络。多年以后，这女孩子借着电视节目，想寻找到他，看看，现在的他，还好吗？

    在节目现场，男孩儿终于出现了。尽管早有心理准备，但她还是望着那成熟许多的男子，问着好时，便落泪了。

    之后两人通报了姓名、学校、年级。她叫高慧君，他叫翁廷楷。他们借着彼此的叙述把记忆回溯到青春年少时光。

    她说，那时候自己家境不好，文具不够用，有一回，他拿自己用的半支铅笔送给了她。便是这半支铅笔，让她感动至今。

    他很惊异。他不知道自己一个小小的行为，会给她心上留下如此深刻的印痕，任是数十年光阴也磨损不去。

　　她说，那时候，"翁廷楷"这三个字，对她便是一种温暖，这个名字陪她走过了一个又一个寒冷的冬季。

　　他说，在他眼中，她是个文静内向的女生，当初他的关心也许出自他的自然本性，甚至他根本不知道自己不经意的关爱举动，能给一个柔弱女子如此之久的温暖！

　　他甚至有些惶恐。他说，我不知道，自己不经意的小小举动能在你心中产生如此大的温暖；现在我很是担心，不知道我是不是也曾有不经意的举动，在你心中产生莫大的伤害……

　　听了这话，我便知道，这翁廷楷真是一个善良而体贴人的男子。

　　如今他已结婚，翁夫人也来到了现场。她和她，像姐妹一样地拥抱。翁夫人听着这"半支铅笔"的故事，也感动不已，她说了一句话：送人玫瑰，手有余香……

心灵 寄语

　　海子在他的诗里说："从明天起，做一个幸福的人……陌生人，我也为你祝福，愿你有一个灿烂的前程，愿你有情人终成眷属，愿你在尘世获得幸福，我只愿面朝大海，春暖花开。"

蜘蛛头套

佚 名

在德国世界杯的赛场上，厄瓜多尔国家队进第三个球后，一名队员突然展示不同一般的庆贺方式。

2005年3月17日，南美国家厄瓜多尔的一条高速公路上发生了一起严重的车祸。当国家足球队所有的队员赶到现场时，他们的朝夕相处的队友，赛场绝对主力特诺里奥已经离开了人世。众人顿时悲恸欲绝。

在特诺里奥的追悼会上，一位队友向其家里人提出了一个很平常的要求，希望得到特诺里奥经常用的那个蜘蛛人头套。特诺里奥的儿子非常崇拜蜘蛛人，因而在以往的比赛中，只要是进了球，特诺里奥就会罩上蜘蛛人头套，好让电视机前的儿子看到后格外开心。而今，特诺里奥永远不会有这样的机会了。而且这位队友分明还记得，就在不久前，特诺里奥还有意无意地告诉大家，如果他去不了德国，无论是哪个队友进了球，他都希望戴上蜘蛛人头套庆贺。

这位队友的名字叫做卡维德斯，是特诺里奥生前的挚友。

2006年6月15日德国时间下午6点，世界杯赛场上，厄瓜多尔迎战哥斯达黎加，他们把已经领先对手两球的优势一直保持了90分钟，剩下的应该是庆贺顺利

晋级16强了。可是，在终场前的补时阶段，替补上场的一位射手凌空抽射打入了第三粒球，为球队的最终胜利锦上添花。如果说这个球就是不进也不影响大局的话，那么进球队员像变戏法似的从裤子里掏出一个蜘蛛人面具，迅速跑到了球场边，作仰天长啸状，不禁让所有的人都深感意外。

这位队员就是卡维德斯，他没有对自己的行为作出解释而是默默离开了球场，此前为厄瓜多尔打进第二球的德尔加多解释说："有特诺里奥在的时光该是多么美好，今天，队友们都觉得特诺里奥就在球场上和我们共同战斗，他永远都会和我们在一起！"原来卡维德斯在以独特的方式深深地悼念着已经离世的队友，并无言地实现了他的遗愿。

其实，在场上不长的时间内，卡维德斯还犯了赛场大忌，那就是埋怨另外一位队友只顾自己突破却不及时把球传出来，他的态度恶劣得几乎让每一个仔细看球的球迷都觉得这个人是那般的没有教养，连裁判都露出了略带惊讶的神色。当明白其真相后，没有一个人是不被感动的。连一向对球员在场上的异样行为处罚严厉的国际足联，对此也似乎视而不见。国际足联联络部长希格勒尔反问众多的记者："国际足联并没有禁止球员做这种行为的规定，难道他以这种方式来祭奠队友的亡灵有什么不妥吗？"

大爱无言，真正的情不需要太多的语言，无论是友情还是爱情。就算是厄瓜多尔输了球，卡维德斯没了拿出头套的机会。但有一点可以肯定，他把其偷偷藏在衣服下面，说明他已经做好了赢球的准备，那么，头套也就深深装进了他的心底，成为激励他不断前进的动力。

心灵寄语

真挚的友情可以化作无穷的力量，带领我们越飞越高，越走越远。珍惜我们的友谊吧，因为它是一切力量的源泉。

朋友应该做的事情

佚 名

杰克把建议书扔到我的书桌上——当他瞪着眼睛看着我的时候，他的眉毛蹙成了一条直线。

"怎么了？"我问。

他用一根手指戳着建议书，说了"下一次，你想要做某些改动的时候，得先问问我。"说完就掉转身走了，把我独自留在那里生闷气。

他怎么敢这样对待我，我想。我不过是改动了一个长句子，纠正了语法上的错误——这些都是我认为我有责任去做的。

并不是没有人警告过我会发生这样的事情。我的前任——那些在我之前在这个职位上工作的女人们，称呼杰克的字眼都是我无法张口重复的。在我上班的第一天，一位同事就把我拉到一边，低声告诉我："他本人要对前两位秘书离开公司的事情负责。"

几个星期过去了，我越来越轻视杰克。我一向信奉这样一个原则：当敌人打你的左脸时，把你的右脸也凑上去，并且爱你的敌人。可是，这个原则根本不适用于杰克。因为他很快会把侮辱人的话掷在转向他的任何一张脸上。我为他的行为祈祷，可是说心里话，我真想随他去，不理他。

一天，他又做了一件令我十分难堪的事情，我独自流了很多眼泪，然后，我像一阵风似的冲进他的办公室。我准备如果需要的话就立即辞职，但必须得让这个男人知道我的想法。我推开门，杰克抬起眼睛匆匆地扫视了我一眼。"什么事？"他生硬地问。我突然知道我必须得做什么了。毕竟，他是应该知道原因的。

我在他对面的一把椅子里坐下来，"杰克，你对待我的态度是错误的。从来没有人用那种态度对我说话。作为一名专业人员，这是错误的，而我允许这种情况继续下去也是错误的。"我说。

杰克不安地、有些僵硬地笑了笑，同时把身体向后斜靠在椅背上。我把眼睛闭上一秒钟，上帝保佑我，我在心里默默地祈祷。"我想向你做出承诺：我将会是你的朋友。"我说，"我将会用尊重和友善来对待你，因为这是你应该受到的待遇。你应该得到那样的对待，而每个人都应该得到同样的对待。"我轻轻地从椅子里站起来，然后轻轻地把门关上。

那个星期余下的时间里，杰克一直都避免见到我。建议书、说明书和信件都在我吃午餐的时候出现在我的书桌上，而后我修改过的文件都被取走。一天，我买了一些饼干带到办公室里，留了一些放在杰克的书桌上。另一天，我在杰克的书桌上留下了一张字条，上面写着，"希望你今天愉快"。

接下来的几个星期里，杰克又重新在我面前出现了。他的态度依然冷淡，但却不再随意发脾气了。在休息室里，同事们把我追至一隅。

"看看你对杰克的影响。"他们说，"你一定狠狠责备了他一通。"

我摇了摇头，"杰克和我现在成为朋友了。"我真诚地说，我拒绝谈论他。其后，每一次在大厅里看见杰克时，我都会先向他露出微笑。

因为，那是朋友应该做的事情。

我们之间的那次"谈话"过去一年后，我被查出患了乳腺癌。当时我只有32岁，有着三个漂亮聪明的孩子，我很害怕。很快癌细胞转移到了我的淋巴腺，有统计数字表明，患病到这种程度的病人不会活很长时间了。手术之后，我与那些一心想找到合适的话来说的朋友们聊天。没有人知道应该说什么，许多人说话语无伦次、颠三倒四，还有一些人忍不住地哭泣。我尽量鼓励他们。我固守着希望。住院的最后一天，门口出现了一个身影，原来是杰克。他正笨拙地站在那里，我微笑着朝他招了招手。他走到我的床边，没有说话，只是把一个小包裹放在了我身边，里面是一些植物的球茎。"郁金香。"他说。我微笑着，一时之间没有明白他的意思。

他清了清喉咙，"你回到家里之后，把它们种到泥土里，到明年春天，它们就会发芽了。"他的脚在地上蹭来蹭去，"我只是想让你知道，当它们发芽的时候，你会看到它们。"

我的眼睛里升起一团泪雾，我向他伸出手去。"谢谢你！"我轻声说。

杰克握住我的手，粗声粗气地回答："不用谢。你现在还看不出来，不过，到明年春天，你将会看到我为你选择的颜色。"他转过身，没说再见就离开了病房。

现在，那些每年春天都开放的红色和白色的郁金香已经让我看了十多年。今年9月，医生就要宣布我的病已经被治愈了。我也已经看到了我的孩子们从中学里毕了业，走进了大学的校门。

在我最希望听到鼓励的话的时候，一个沉默寡言的男人说出来了。

毕竟，那是朋友应该做的事情。

友情是一种很美妙的东西，可以让你在失落的时候变得高兴起来，可以让你走出苦海，去迎接新的人生。而只有拥有真正朋友的人，才能感受到它真正的美好之处。

朋友别哭

佚 名

　　算起来，和D认识快一年了，而在这一年里，我们之间似乎总保持着一定的距离，有时候甚至忽视了对方的存在。也许是上帝的安排，每每在我心情沮丧的时候，总会接到他的电话或者收到他发来的短信。不知从什么时候起，我发现自己郁闷的时候，总怀有一种期盼，期盼有他的电话或者短信。

　　三月里那个寒冷的晚上，K很绅士地送我回来，然后，潇洒地走掉，只留下刻骨的心痛和刺骨的寒风一起，袭向我丝毫没有设防的柔弱的心房。我狂奔上楼，冲进卫生间，孩子似的痛哭！

　　不知道哭了多长时间，只知道开始试图让自己平静下来，却怎么也止不住汹涌的眼泪。

　　电话响了，习惯性地以为是K打来的，因为每次分手后，他一到家总有电话打来，告诉我他已到家。然而，这一次来电显示分明是D的号码，于是，我彻底地失望了！K真的离开我了，我们之间，真的就这样结束了。

　　强忍着撕心的痛，我接了D的电话，想不起我和他都聊了些什么，只记得我渐渐止住了眼泪，只记得我当时真的真的好感激他的那个电话！

在以后的日子里，为了调解自己，我努力地工作，甚至报了自考，每逢周末，就和驴友们上山去，生活过得还算充实。不经意间，依然会想起K，只是在甜蜜的回忆过后，不再有任何怨言，也没有了忧伤，只是在心里对他说：只要你过得比我好！

D仍像以前那样，偶尔会发来短信或打来电话，我也会礼貌性地给他回复。有时候在Q上遇到，他也会开玩笑地称我"小妹妹"，我想，他也许以为我还是小孩子吧，却也并不在意，有时候我也会和他开开玩笑，甚至说一些不太礼貌的话，而他呢，好像也并不生气。

不知从什么时候开始，我发现自己开始对D无话不说了。他给我的感觉，有时候像兄长，有时候像挚友，有时候，又像一个可爱的孩子，我非常喜欢这种感觉。

我告诉D我要离开现在工作的地方，他不问为什么，却总是鼓励我，安慰我。对我而言冰冻般的夏日里，他的关怀给了我很多很多贴切的温暖，他的鼓励平添了我几分自信，正如今天他发来的短信，让我感觉又回到了学生时代，久违的激情在萌动！

"朋友别哭，我依然是你心灵的归宿，朋友别哭，要相信自己的路……"他把吕方的《朋友别哭》歌词全部发给我，我边看边轻轻哼唱起来，我仰起头来，笑容渐渐清晰开来……

真的好想对D说，谢谢你！

真的好想对D说，感谢友情！

心灵寄语

当我们遇到困难和挫折时，友情是一剂良药、一杯清茶，舒缓我们的痛楚，化解我们的忧愁。一句温馨的话，胜过千言万语。

重修旧好

秋 旋

与旧友之交淡了下来。本来大家来往密切，却为一桩误会而心存芥蒂，由于自尊心作祟，我始终没有打电话给他。

多年来，我目睹过不少友谊褪色——有些出于误会，有些因为志趣各异，还有些是关山阻隔。随着人的逐渐成长，这显然是无可避免的。

常言道：你把旧衣服扔掉，把旧家具丢掉，也与旧朋友疏远。话虽如此，但我这段友谊似乎是不应该就此不了了之的。

有一天，我去看另一个老朋友，他是牧师，长期为人解决疑难问题。我们坐在他那间总有上千本藏书的书房里，海阔天空地从小型电脑谈到贝多芬饱受折磨的一生。

最后，我们谈到友谊，谈到今天的友谊看来多么脆弱。

"人与人之间的关系非常奥妙，"他两眼凝视窗外青葱的山岭，"有些历久不衰，有些缘尽而散。"

他指着临近的农场慢慢说道："那里本来是个大谷仓，就在那座红色木框的房子旁边，原本是一座相当大的建筑物的地基。

"那座建筑物本来很坚固，大概是1870年建造的。但是像这一带的其他地方一样，人们都去了中西部，这里就荒芜了。没有人定期整理谷仓。屋顶也没人修补，雨水沿着屋檐而下，滴进柱和梁内。

"有一天，刮起了大风，整座谷仓都被吹得颤动起来。开始时嘎嘎作响，像艘旧帆船的船骨似的，然后是一阵爆裂的声音，最后是一声震天的轰隆巨响，刹那间，它变成了一堆废墟。

"风暴过后，我走过去一看，那些美丽的旧橡木仍然非常结实。那为什么坍塌呢？我问那里的主人是怎么一回事。他说大概是雨水渗进连接榫头的木钉孔里。木钉腐烂了，就无法把巨梁连起来。"

我们凝视山下。谷仓只剩下原是地窖的洞和围着它的紫丁香花丛。

我的朋友说他老是想着这件事，终于悟出了一个道理：不论你多么坚强，多有成就，仍然要靠你和别人的关系，才能够保持你的重要性。

"要有健全的生命，既能为别人服务，又能发挥你的潜力，"他说，"就要记着，无论多大力量，都要靠与别人互相扶持，才能持久。自行其道只会倒下来。"

"友情是需要照顾的，"他又说，"像谷仓的顶一样。想写而没有写的信，想说而没有说的感谢，背弃别人的信任，没有和解的争执，这些都像是渗进木钉里的雨水，削弱了木梁之间的联系。"

我的朋友摇摇头不无深情地说："这座本来是好好的谷仓，只需花很少工夫就能修好。那么，现在也许永不会重建了。"

黄昏的时候，我准备告辞。

"你不想借用我的电话吗？"他问。

"当然，"我说，"我正想开口。"

在一切还来得及的时候，想做什么就去做吧。一旦错过时机，再多的付出也是徒劳。

心灵寄语

友谊是常青之树，交流是树上之藤，在我们共同的家园里，我们藤和树般的纠缠，从大海到远山，从天空到大地，从历史到今天，在我们共同的家园里，吐露着最真实的自我，谱写着最美好的明天！

友　谊

诗　槐

亲爱的孩子：

你要我谈谈友谊的含义，我想，用三言两语恐怕说不清楚。在人类的感情中，友谊是极为珍贵的。不珍视友谊的人，不值得交往；无法获得友谊的人，一定有严重的人格缺陷。

那么，什么是真正的友谊？应该怎样来对待友谊？对这个问题，我也在思考，最近，我在写一篇短文，题目是"关于友谊"，我把其中的部分文字抄录在此，也许能回答你的问题。

在我的词典中，友谊这两个字弥足珍贵。如果没有友谊，我的生命便会暗淡无光。

友谊是什么？友谊是雨中的伞，是黑夜里的灯火，是扬帆航船途中的风，是崎岖山路上的扶手；友谊是一间不上锁的房间，你随时可以敲门进入；友谊也是一把钥匙，能帮你打开心灵之门。

饥饿时的一勺稀粥，寒风中的一件棉袄，哀伤时一滴同情的泪水，愤怒时一声发自肺腑的呐喊……这些，都是友谊的流露。

患难见真情。不错，在困境中，在受难时，来自朋友的帮助便显得特别可贵。有时，哪怕是一个关切善意的眼神，也会像一簇炭火，在冰天雪地中送给你温暖。当你被成功和得意冲昏头脑时，友谊会像一盆凉水，兜头泼来，把你浇醒。

炭火和凉水，其实同样珍贵。

是的，友谊是锦上添花，更是雪中送炭；友谊是阳关大道上的携手远足，更是崎岖攀登路上的相互搀扶。

友谊是推心置腹的交谈，是默默无声的关怀；友谊是不求回报的付出，是无拘无束的平等交流；友谊是理解，是尊重，是从一颗开放的心走进另一颗开放的心；友谊是驱散孤独和绝望的动力。

怜悯和施舍不是友谊，拍马和奉承不是友谊。心胸狭窄，以怀疑的目光审视他人者，无法保存友谊。损人利己者，永远不懂什么叫做友谊。

势利者的眼里，友谊是娼妓，需要时招之即来，不需要时随意丢弃。轻诺寡信者，把友谊当成赌桌上的牌，随手抛撒。利欲熏心者，把友谊看成钱包里的纸币，精心算计着它们的价值。他们亵渎着友谊的时候，友谊早已远离他们而去。

友谊是一棵树，要用真诚和挚爱去浇灌，用信任和宽容去栽培。嫉妒和猜疑是毒药，会使友谊之树根枯叶焦，失却生命的绿色。

一个人，纵然功名显赫，万贯缠腰，倘若没有一个可以敞开胸襟以心换心的真朋友，终究可悲可怜。没有友谊的人生，是残缺不全的人生，不值得羡慕。

没有友谊，没有朋友的人生，是惨淡的人生，也是失败的人生。

少年时代，对人生和世界的认识还只是刚刚开始，你还没有经历人世间复杂的感情纠纷。对亲情，你已经有了很多体会，那多半是来自父母长辈的关爱。而对于友谊，你们天天都在接触，天天都在为之快乐，也为之苦恼。我无法告诉你应该和谁交往，但我可以对你说：必须真诚待人，才能得到真诚的回报。友谊的基础，是真诚。

心灵寄语

在心灵的深处，彼此相互祝福，友谊时时刻刻温暖着我们的心田。真情诚可贵，友情价更高。有着这份情谊滋润着我们的岁月，那么我们的冬天将不再是严寒……

背　影

千　萍

　　深夜收听电台的一档午夜热线节目，那晚的话题是"背影"。许多听众纷纷打进电话，激动地述说着自己难忘的背影故事。他们都说了些什么，我已不记得了，但节目的最后，一位听众的叙述深深地感动了我。

　　他的语气很平淡，还稍稍带些调侃的味道，你简直可以想象他是边抽着烟卷边漫不经心地述说的。他说他大学毕业时，同学们到站台上送他，虽然有些伤感，但大家相约不哭。刚巧那天火车线路出了些问题，情况很混乱。行李乱丢，乘客乱挤，同学们也挤散了，那仅有的一丝伤感仿佛也更淡了。好不容易安置妥当了，他刚要坐下来，忽然隔着窗子，看见一个绰号叫"驴"的同学的背影。只见"驴"的双肩不停地抖动着，而且一高一低的。他愣了两秒钟，忽然明白了原来"驴"在哭，他缓缓地坐了下来，眼泪也跟着流了下来。

　　等到火车快到终点站时，他才发现自己的行李丢失了一件，里面有当时至关重要的人事档案、户粮关系等，当然也有他的钱包。无奈中他又立即乘车返回了学校。第二天他又和同学们相见时，大家都相互笑了，因为昨天他们才送走他，今天又相见，感觉有些滑稽。后来有人提议去喝酒，气氛很热烈，推杯换盏，欲

朋友应该做的事情

醉还醒时，忽然有人落泪了。于是同学们陆续地离开了饭店，有的说喝醉了想出去吹吹风；有的说刚想起还有一双臭袜子要洗；还有一位女同学低着头拼命咳嗽，不肯抬起她那美丽的脸……相关手续办妥后，他又要走了，同学们为他凑了路费又第二次去送他。他们一路上喃喃地对他说："老五呀，你这不是成心折磨我们吗？我们恨死你了。"

这么多年过去了，生活也向他展开了另一副面孔，他觉得自己的心已坚如硬岩，他觉得自己忘了毕业时的那一幕幕。只是最近和一位同学煲电话粥时，同学无意中对他说："老五啊，你知不知道你当时在站台上的那副样子？肩膀哆嗦，脚步踉跄，头也不敢回，我们当时还真为你担心。"握着听筒，他莫名地流下了久违的眼泪。于是他知道了，当时他留给同学们的，亦如同学们留给他的，都不仅仅只是一个哭泣的背影，更是沉淀在他与他们生命中的最美，它将永远缠绕着他们，直到永久。

生命中最美好的景致有时并不是用浓墨重彩描绘而成的，它也许只是一个淡淡的印迹，但它深藏在我们心灵最柔软的肌理中，裹在层层的重负之下，与生命同在。一旦触动它的密码，它将像潮水般涌来，浸泡你，柔软你，感动你。

心灵寄语

人生途中，一个人走着走着，就盼望能在合适的时候合适的情况下遭遇这种景致，因为它能让自己有期待地继续后面的旅程。它会以一种极速之势占据你所有的思想，让你在那一刻被它主宰，为它融化。

115

好兄弟

雨 蝶

我与乔都很丑，丑得没人愿和我们玩耍，我之所以与乔能成为好朋友，真正应了一句老话："物以类聚。"

我与乔都很自卑，但在对方面前却都装得很洒脱。那些漂亮姑娘我们从不招惹，因为脸皮太薄，害怕会碰壁。唯一不讨厌我们的是书本，堂而皇之的我与乔便成了书呆子，因此读书期间的生活便如一湖宁静的水，平平淡淡而过。

毕业后，我与乔很幸运地分配到一家名气不大的企业，由于小公司缺乏高科技人才，也由于物以稀为贵，我们的丑也就变得不再重要。外表的压力没有了，也就真的过得洒脱起来。

年龄大了，是成家的时候了，可悲的是我与乔同时喜欢上了一个不美丽但很可爱的女孩子。乔很认真地对我说："兄弟，我们公平处理，看她的意思，若她喜欢的是你，我便退出；若喜欢的是我，你便退出，如何？""好极了！"我欣然同意。

不久，便有人传话给我们："问了，她说两个都同样喜欢，实在分不出哪一个更好些，要不然两个都先谈谈再做打算？"

"这个万万使不得！"我们同时呆了。

大家你推我让，僵了很长时间都没个结果，女孩子却等不及了，放出口风说："若再等不出个结果，便要另外寻个人嫁了！"

那晚，我一夜难眠！乔也一样。

第二天，我请了一周的假。

再回公司时，我领了一个很美的女孩子出现在乔的面前，悄声对乔说："我的未婚妻，叫黎，自小订的娃娃亲，因为文化低，我一直没答应；但她很痴情，一直等到我现在，我不能负她！"乔起初很疑惑，但看到我们相处得很融洽，互相关心、爱护，也就信了。

半年后，乔与那个女孩子结了婚。

婚宴上，乔突然对我和黎说："什么时候吃你们的喜糖呀？"

黎瞪大了眼睛："什么？我和他结婚？你没听我叫他哥吗？"

乔很吃惊地看着我："对自己的未婚夫称呼哥不是你们家乡的风俗吗？"

黎狠狠地瞪了我一眼："哥，你搞什么鬼？"

我对乔挤挤眼："开玩笑开得别太认真了，把我妹子都给弄傻了！"

乔很聪明，他幽默地对黎作了一揖："对不起，我不该开这样的玩笑，向你赔礼！"惹得大家都哄然大笑起来。

客人都进了舞厅，我独自一人来到餐厅外的花园，今天的星空特别美！

"好兄弟！"乔突然站在我面前。这时，我看到他的眼中闪亮！

心灵 寄语

有位哲人说："好朋友是山，一派尊严；好朋友是水，一脉智慧；好朋友是泥土，厚爱绵绵。"是呵，当我们寻找尊严、智慧和爱的时候，一定会遇到可以靠背、可以并肩、可以共荣辱同患难的好朋友。

这样的友人今生不会再有

晓 雪

丹走了，永远地走了。数月来，他在我的记忆中并没有因时光的流逝而淡去，相反，我愈加感到失去的珍贵。

丹，我们十几岁就认识了，虽不是发小，但也算是青少年时就开始交往的朋友。他颇有才气，为人宽厚，朋友们喜欢称他大哥。

从一认识，我们就很谈得来。那时都很年轻，我们在一起谈人生，谈理想，谈兴趣，谈爱好，谈读书偶感，还谈一些八竿子打不着的人，谈我们这些小人物管不着的事。觉得和他谈话，能激发灵感，时常碰撞出思想的火花。

岁月悠悠，每个人的生活也随之变化，我们会谈及工作中的成绩和挫折，会谈及生活中的喜悦和烦恼，谈共同的朋友，谈家人孩子。光阴荏苒，不知不觉中当年的风华少年已开始两鬓染霜，随着时代的变迁，各人的生活发生了更大的变化，但我们依然有那么多相通的语言，我们会交谈第二次创业的酸甜苦辣，会感慨多年奋斗的艰辛……只要遇到一起，永远用不着找话题，随便从任何一句话开始，都可以聊下去。不仅无所不谈，而且无所顾忌，不用斟酌，不用戒备，非常随心，非常放松。既说自己得意的事，也说自个儿的丑事，说出自己的所思所想，对方能理解；说出自己的内心秘密，对方会守口如瓶。有时分享快乐，有时述说苦恼，在我面前，他可以吐露男子汉内心世界脆弱的一面，可以流下从不轻弹的硬汉子的眼泪。就这样，每当我有话想找人说说时就会想到他，他隔段时间就会来找我聊聊，多少年来，我并没有意识到拥有些什么，可现在却常常感到失去了什么。

有这样一个蓝颜知己已属可贵，但更可贵的是几十年的纯洁的友谊。虽然我们之间无话不谈，但却从没有过超出友人的情感，这并不是理智地控制感情，也不属于柏拉图式的纯精神，而是压根儿觉着就是一个朋友，一个令人愉快的哥们儿。有时甚至忘记了对方是个异性，无论讨论什么话题，都是那么坦然。真是那种有人所说的"无欲望，无性别"的境界。记得曾有人问我："有人说男女之间没有纯洁的友谊，指严格意义上的纯，包括物质和精神的，你认为有吗？"当时我说不上，因为我认为一切都随着时间在变化，不到生命的终点都不能定论，现在我可以以我的经历说："有，但很少。"

这种长期的纯洁的友谊已弥足珍贵，更难得的是这份友谊能得到周围朋友和家人的理解。周围的同事和朋友都知道我们关系很好，但从没人说过什么。我丈夫和他也是好友，无论谁家有事，只要知道，都会义不容辞地互相帮助。他的妻子和我说话常称："咱们姊妹……"但更多的时候是说："你们姊妹……"丹去世后，处在万分悲痛中的他的妻子还对我讲："前几天他还说好长时间没去你们那儿了，要抽空到你们那儿看看，谁知这么快……"

这样的友人，这样交往了半辈子而又相信、相知的友人，这种纯真而无羁绊的友谊，今生不会再有。

有两句歌词常在心头萦绕："……天之涯，地之角。知交半零落……""……谁人与我同醉，相知年年岁岁……"

心灵 寄语

　　我相信男女之间有纯洁的友谊，那是一种超出恋人之间的友谊，就像有些人只能做朋友而有些人只能做恋人一样！虽然是异性，但只要两个人的兴趣品位相差无几，彼此也都很关心，在你心情不好的时候他能给你温暖，你也可以向他倾诉你的烦恼，这样就可以了。

一双鞋

张坤

这已经是多年前的事了，但是当我再想起时，心里仍充满了感激。

在那个被高考的恐惧充斥的初春，我远离了那些挑灯夜读的同学，一个人在痛苦的边缘徘徊。

母亲的病仍然没有好转。医生已经找过我好多次，催我快点想办法凑钱。手术在既没有住院保证金又没有红包的前提下，对我们来说，是一个可怕的决定。

"不用担心，好好上学。"这句话不下十次从母亲那毫无血色的嘴唇间挤出，我不敢再听。

母亲苍白得像医院的四面墙壁，让人心惊。

我卖掉堆在课桌上像小山一样的课本，开始了人生的第一步。

在一个工地，我被工头无情地赶走。背后响起的那句话，让我终身难忘。

"笨得像猪一样，干什么吃的！"

我知道了和灰砌墙不是单纯的物质与物质的叠加。我看着被砖头砸起的紫色的血泡，嘴角竟有些咸咸的东西滑过。

失落，抑或是消沉，我徘徊在熙熙攘攘的街上。

"哟！以为你从地球上消失了呢！"一个尖尖的声音在耳边响起。

我抬头一看，一张熟悉的脸庞，却怎么也想不起名字来。

"真是贵人多忘事，连我小霸王都想不起来了！"

我眼前出现了上初中的一幕幕场景。他的霸道、无赖，所做的损人不利己的事还历历在目。听说他初中毕业后不务正业，被劳教了。没想到多年后，会在这样的境况下见到他。此时，他一身笔挺的西服，我一身的狼狈，很有戏剧性。

说实话，我对他仍旧心存鄙夷。直到今天，我还是下意识地与他保持着距离，本想几句寒暄之后逃之夭夭，却没想被他一句话触到了心灵的脆弱。

"还在上学吧？是不是家里出事了？"

我苦笑着点点头。

"我知道你瞧不起我，那时我不懂事，办了一些傻事，可是现在的我起码能养活自己！"

我不知道他是在表白他的自食其力，还是在讽刺我的潦倒。我仍是笑笑，笑得有些勉强。

"告诉我什么事！说不定我能帮帮你！"

脑子里的伤心事再次翻涌起来。没办法，在这种境况下，有人愿意听我说话，就已经不错了。

于是，我打开话匣子，说出了这几个月发生的事。

"你怎么不早说！"他有些生气，"你妈手术需要多少钱？"

"两万吧。"我真的不知道如果要做手术，会不会仅仅是这个数。

他一把拉起我的手。"走！跟我回家拿钱去！"

我有些不知所措。"不！不！我不能用你的钱！"

话一出口，我竟不知道说这话是什么意思。是心里边觉得他的钱不干净？还是一个曾经的好学生在他面前残留的自尊作怪？还是觉得困扰许久的问题突然间可以解决而有些不知所措？

幸好，他没有多想，反问道："那你想怎么办？"

"我……我还能怎么办？学是没法上了，即使考上大学了，也交不起学费呀！找点活干吧。至少，不用从家里往学校里倒钱。"

"我再问你一句，你真的不需要？"我有些犹豫，但还是摇了摇头。

"我知道你脸皮薄。你看你这样行不行？钱算是我借给你的。你给我干活儿，慢慢还。"

我有些难以决定，但在这样的情况下，我别无选择。即使有，相比而言，这种选择是最好的。

我打好借条，背着母亲支付了住院费、押金等费用。医生加大了药物剂量，为做手术准备着。

我开始了为刘炎打工的生活。到了今天，再叫他小霸王，我有些难以启齿。

正式打工后，才知道刘炎在做运动鞋的生意。

我的工作是在下午放学后，负责将各经销商的货送去，并记录好每天的出货情况。这是一份辛苦的工作，每天要跑十几个经销商，还要在晚饭前赶去医院。我没有告诉母亲打工的事。为了尽快还清刘炎的借款，我只有这样。虽然刘炎并没有给我设定一个期限，只是说什么时候手头宽松了再还。但是，我不想欠人家太多。

接触的鞋多了，也就对它有了更多的了解。一双鞋单看外表，真看不出有什么差别，但鞋里面的讲究可大了。除了用料外，大到整体形状，小到一个小小的气孔，都是经过科学实验的。

刘炎有时在闲暇时，深有感触地说："真后悔当初没好好上学。现在这年头，没科学、没文化，连做鞋都没人要！你当初还想退学，傻瓜一个！"说完，哈哈笑起来。

我勉强一笑，陷入了沉思。

我与鞋打了三个月交道，我并没有还刘炎多少钱。毕竟刘炎给我安排的工作

只是照顾我的自尊而已。

母亲顺利地做完了手术，恢复得很快。

高考临近了，刘炎不再让我去干活，而是让我安心备考。

学校开始封闭，我一周只能去一趟医院。

母亲见我来了，硬撑着坐起来，我忙上前一步把她扶起。

"儿子，今天你的一个同学来过了，姓刘。他拿来这些吃的，还有一双鞋。唉，都怪我。生病、住院，琐碎事多，都顾不上管你了，鞋都破成这样了，当妈妈的竟没注意到。"说这话时，母亲眼里含着泪。

"你这同学人不错，说送你一双鞋，让你好好考试。他还说，穿上新鞋，应个好彩头，能考出个好成绩。你看，这年轻人，年纪不大，还挺讲究。"说着，母亲轻轻地笑起来。

我想附和着母亲笑笑，但眼里的泪水却夺眶而出。

真正的友情不是在你风光无限的时候，围绕在你左右，而是在你遇到困境时推你一把的人。是友情让我们的生活中充满无限美好。

让天使自由飞翔

　　爱情总是让我们期望太多，从远远地注视到想全身心地占有。追逐让我们疲惫，与其纠缠撕裂疼痛，不如远看微笑，简单拥抱，到此为止。

睡在我下铺的兄弟

采 青

　　这是一个令我难以启齿的故事，故事里面有一个令人难以忘怀的人。

　　小时候，我有尿床的毛病。为此，没少挨父母的打骂，有时甚至被罚站在屋中央熬过隆冬的漫漫长夜。苦恼而又羞愧的是，这毛病一直持续到我读高中的那一年。

　　1979年的秋天，我考上县一中。入学时，同村先一年进校的伙伴为我占了一张靠窗的上铺。当时，对一个山里孩子来说，县城里好奇又新鲜的东西很多，就连学校里上下双层床铺都觉得有趣，睡起来特别香，对自己尿床的毛病也早已置之脑后。

　　记得第一个学期冬天的一个晚上，天气十分寒冷，北风呜呜地吹打着窗户。午夜时分，梦中的我，径直走入厕所放肆地排泄起来，不待尿完，便猛地惊醒了，伸手一摸，我的天！床铺湿了一大片，仔细倾听，尿液还一滴滴往下铺滴着。睡下铺的尹成同学却毫无感觉。黑暗中，我羞愧难当，想到第二天早上被同学们知道后当做新闻传播时的情景，我心里又急又恨，真想这个耻辱的夜晚永远不再迎来黎明。

　　辗转反侧、焦虑不安中，曙光还是来临了。学校起床的铃声骤然响起，沉寂的寝室一下子变得热闹起来。"哎唷！"下铺的尹成同学一声惊叫。"怎么啦？"几位邻床同学不禁问道。此时，我惭愧极了，将头深深地埋进被窝里，心里暗暗叫苦："完了。等着两个班几十位同学的耻笑和奚落吧！"

　　然而，事情却出乎意料。只听尹成同学回答："没什么，老鼠将我的袜子叼到床底下去了。"几句笑话过后，同学们便各自忙着穿衣、洗漱、整理床铺去了。

　　此时，我如释重负，心里对尹成的感激无以名状，但我仍然不好意思起床。直到早操铃声再次响起，尹成问我："还不起床？要做操了。"我用被子蒙着头瓮声瓮气地回答："不舒服。"

　　等寝室的同学都出去以后，我趁机探头朝下铺一望，只见尹成的被单早已拆下泡在桶子里了。就在我犹犹豫豫坐起来准备起床时，同学们已下了早操，我只得赶紧又躺下。这时，只见班主任和尹成从门口走了进来。

　　糟了，难道说尹成向班主任汇报啦？好吧，干脆闭上眼等着难堪吧！

　　"阿湘，好点儿了吗？"班主任伸手摸着我的额头温和地问。我一阵惊异，只得"嗯嗯"地点点头。接着，班主任又对尹成说："等会儿你陪阿湘到校医务室看看，有什么情况报告我。"此时，不知为什么，我的鼻腔一酸，眼泪不争气地涌了出来，是羞愧，是难过，也是感激。

　　事后我才得知，做早操时班主任清点人数，是尹成为我请了假，说我生病了，肖东同学也在一旁证实了。

　　从那天起，我和尹成掉换了床位。说来也怪，此后，尿床的事再也没有发生过。而且，我和尹成同学成了非常好的朋友。高中三年我们没有闹过任何别扭。我尿床的丑事也没有第三人知道。我在同学们面前始终以一个健康、优秀的面貌出现，保持了做人的自尊和自信。

　　转眼十多年过去了，我早已和尹成同学失去了联系。然而，每当想起那件尴尬的往事，

一股温暖和感动之情便油然而生。我真想再次见到这位善良宽厚的同学，尽管说声谢谢已经显得有些多余，但我知道，今生今世我都会把这份情谊深深地藏在心中……

在你需要的时候，朋友总是像一棵大树，为你撑起一把遮风挡雨的绿伞，却从不求回报，只需你轻轻地抚摸一下他粗大的树干，他就会因你的鼓励而成长得更加枝繁叶茂，给你更多舒心的清凉。

希腊橄榄油

范勇刚

自打按揭买房后，每个月要付给银行一大笔钱，我和老婆成了地地道道的房奴，很多时候我们过着囊中羞涩的日子。

那天，哥们儿大陈打来电话说明天是他女儿的周岁。他女儿的周岁，我这个做干爹的肯定是要去的，按我们当地的礼节我还得准备些礼金，可我实在是筹不到这笔钱，不过翻箱倒柜之后还是有些收获，小柜子里有瓶希腊橄榄油，是老婆前几天下班时拎回来的，可能是她单位的福利吧。

大陈千金的周岁酒设在家中，去的都是些朋友熟人，开餐时正好坐满一桌子人，一番觥筹交错下来，下酒菜就消灭得差不多了，大陈的老婆见状忙说，她再去弄几个凉拌菜给我们下酒，和我一道去庆贺的另一哥们大声嚷道："勇刚，不是拿了瓶希腊橄榄油来吗，瓶子上注明产地是希腊克里特岛，那可是好东西呀，凉拌菜就用那个油吧，让我们尝尝鲜。"

"没问题，"大陈的老婆说完提着那瓶希腊橄榄油向厨房走去，就在这时，大陈家的电话响了起来，大陈拿起话筒一听，便向我喊道："勇刚，你老婆打来的。"当下我心里一紧，接过电话问："我在大陈家，有事吗？"老婆说："那

瓶希腊橄榄油是你拿了吧？"我鼓足勇气说："是的，回家再说好吗？""我不是怪你拿了它，告诉你吧，那瓶希腊橄榄油是假的，是工业矿物油，是我们局里打假时没收的，我看着瓶子好看，便拿它来做花瓶，原本想一回来就倒掉里面的油的……""什么，那个是……"我差点说漏嘴，愣了好半天没出声。

老婆接着说："你快点儿想办法处理掉那瓶油，要不得罪朋友是小事，弄出人命是大事。"

放下话筒后，我不知该怎么办才好，说吧，难以开口，不说吧，后果不堪设想，处在两难之中，心里很是着急，大陈还以为是我老婆查我的岗，一边笑我是典型的妻管严，一边把我重新拉入席中，接着又催他老婆快点把做好的凉拌菜端过来。

正在这时，厨房传来"啊"的一声尖叫，紧接着又传来玻璃打碎的声音，大伙跑到厨房一看，希腊橄榄油早已粉身碎骨，流了一满地，大陈的老婆有些惊魂不定地说："该死的老鼠，可惜了上好的希腊橄榄油。"

看着大陈的老婆紧张的样子，我窃喜，要不是她被老鼠惊得打碎那瓶希腊橄榄油，我真的不知怎么办才好，于是我大度地说："没事，碎碎（岁岁）平安吗，只要没伤着就行。"

后来我和大陈在大排档吃夜宵，两人喝得有些醉意时，我一时兴起，便把那瓶希腊橄榄油的事说了出来，并说幸亏当时有老鼠出现，大陈听后笑着说："什么老鼠，是我老婆故意摔碎的，那天你老婆打电话过来时，细心的她用和电话同一个号的小灵通听到了你们之间的谈话……后来地板上的油渍她花了好大的工夫才清洗干净。"

哦，原来那个"厨房事件"是事出有因的，我呆呆地望着大陈，再想及他老婆的作为，心中感动不已。

心灵寄语

　　用善意的举动去避免朋友的尴尬，这就是友情。我们要多替朋友考虑，用我们的心和行动去呵护友情。

结伴而行的鱼

佚 名

　　我和张君是高中同学，大学毕业后，他分到银行，而我则进了检察院。

　　我们是很要好的朋友。

　　要好的朋友是不在乎谁付出多少的。那时候，我们相互帮助，相互鼓励，在一个陌生城市里快乐地生活着。后来，我们都结婚了，更巧的是，我们的爱人都是白衣天使。他打趣说，你和我的心是相连的，不成朋友都难。

　　要不是他一时的冲动，这种友情会持续下去，我想一定会天荒地老。

　　他为了买一处上等的房子，挪用公款8万元……

　　反贪局调查他的时候，他说的第一句就是，我的朋友在检察院。这个朋友就是我，可我无能为力。法律对于朋友是无情的。

　　他的爱人多次找到我。看她那痛哭流涕的样子，我很伤心，毕竟他们结婚还不到三年，刚有了个小男孩儿。我只好反复做她的工作。最后她说，这是我们第一次求你，你给个明白话儿吧。我坚决地说，这事我帮不上忙。她擦干眼泪，冷冷地说，朋友有什么用！那语调里是对"朋友"这字眼的绝望。那以后，她没来过我们家。

　　我偶尔去监狱看他，他拒绝了我的探视。他只是传话说，朋友有什么用。

我希望通过时间来填补法律的无情。每年的节日，我都会和爱人去探监，去看望他的爱人，尽管要遭受冷落。终于有一天，他无奈地说，算了，朋友本来就没有什么用的。其实，我从骨子里了解他，在他内心深处是不愿失去我这个朋友的，正像我不愿失去他一样。

等他出狱那天，我和爱人都去接他。他的爱人一路上都在偷偷流泪。我说，上我家吧。他没有拒绝，也没有答应，随我上了回家的的士。那天，他喝得大醉。他问我，朋友有什么用呢？我笑着说，没有什么用，朋友本来就是没用的。他说，我不怨你。我笑了，笑里面掺杂着泪水。

不久，他和他的爱人离开了这个本来就陌生的城市，去了另一个陌生的城市。我们很少再见面，偶尔有书信往来，都是些客套的话。他说，他和爱人都找到了一份还算可以的工作，孩子上了一所不错的小学，我们不必牵挂。那以后，我们彼此为了各自的工作不停地忙碌着，但那份情感是无法忘却的，有时候反而更浓。

前年，我生日那天，他寄来一封信，祝我生日快乐。信中夹着一朵风干了的牵牛花。他在信中说，你还记得吗？在校外的田野里，我们常常去摘牵牛花的，它象征平淡无奇的感情，早上花开，很快就凋谢了，而我们的友情虽然平淡可是无法凋谢。我和妻子在烛光中读着这封信，泪流满面。

去年的国庆节，我们相约去爬泰山。在一个偌大的水库前驻足。那清澈的水里，一条条自由自在的鱼结伴而游。我们相视一笑，我们多像那一条条游着的鱼，只要能够结伴就行了，这也许就是朋友的要义了。

心灵 寄语

朋友，结伴而行，不离原则，不离正义。友情，平淡却经久不衰，会随时间更浓更香，更淳美。

给风的一封信

冷 薇

风：

昨天翻开日历，猛然想起你的生日快到了，一股思念之情油然而生，催我给你写下这封书信。

风，你知道吗，现在家乡的夏天已经来到了。我写信的时候，一缕缕调皮的暖风从窗外时不时地吹进屋里，一不注意，就吹落了信纸，像一个顽皮的孩子，搅着你，又叫你喜欢。我索性把窗户开大，任它吹来，在一阵阵暖暖的痒痒的感觉中，我思念你的感情可以更加真切实在。因为我清楚地记得：我们第一次见面，你向我吹来的就是这调皮的暖风。

初二的那一天，我早早地来到教室，坐在座位上哼唱着《同桌的你》："明天你是否会想起，昨天你写的日记……"想象着新同桌的美丽形象：她一定很温柔，有一双会说话的大眼睛……

随着一声脆生生的"报告"，一个卷发黑黑皮肤的男生站到了门口，班主任朝他一点头，指着我的旁边说："你就坐这儿！"我眼前一黑，差点儿从凳子上摔下来。这个黑小子（你）就是我恭候几天的新同桌吗？请你不要生气，当时我真是这样想的。

你笑嘻嘻地坐到了我的旁边，也不管我什么心情，开口就报你的大名："嗨！我叫齐风，大风的风。你叫什么名字？"一张嘴，露出了两颗长得调皮的虎牙，再仔细一打量，完完全全一头卷毛，这下好了，班上要是表演节目，让这小子扮演黑人角色，都不用化妆！我不爱说话，你好像一点儿不在乎，继续说个不停："我这个名字呀，妈妈说不好，爸爸却说好，国有国风，军有军风，家有家风，人有人风……""什么？还有人风？新鲜。""对呀，人的秉性、人的志趣、人的努力方向，都可以用风来代表。这都是我爸爸说的。"听到这里，我那股沮丧、失望的感情已经减少一多半了，上课了，你闭上了嘴，手却出动了，我的东西都成了你的"玩具"，活生生一个多动症，搅得我都听不好课了。

"李恒，你来回答一下！"天哪，老师问的什么我都没听见，我窘迫地站了起来。"等于98！"你轻声地援助我，想不到这小子还挺乐于助人，我感激至极。当我说出98这个答案后，教室里立刻发出一片议论声："咦？怎么会是98呢，明明是22嘛！"紧接着是哄堂大笑，窘得我头垂得低低的。嘿！你竟探过头来冲我挤眉弄眼。若不是在上课，我非好好揍你一顿不可！

下课了，你急忙向我赔不是："谁让我叫风了，这是开心的风，'不刮不成交的风'！"

一股暖风从窗外吹到教室里，吹到身上，痒痒的暖暖的，就和现在的风一样。我们就这样成了好同桌、好朋友。从那天开始，你就时不时地向我吹来各种各样的风，有顽皮的夏风，还有善解人意的春风……

你还记得吧，一次物理月考成绩发下来，最擅长物理的我，竟然不及格，我沮丧地躲到校园的一片小树林里低头哭了起来。忽然，一阵充满感情的口哨声随风飘到耳边，那是《水手》的旋律，令人感动，令人振作，抬头一看你已歪在一旁，用心地吹着，一双眼睛盯着我，流露出无声的话语。那《水手》的旋律，像鼓满风帆的春风，吹走了我心头的沮丧，吹干了我脸上的眼泪，你看见我笑了，就走上前揍了我一拳："这点儿小事就流泪，算什么男子汉！"

春风啊，善解人意的春风，催我激扬的春风！虽然你的成绩远远不如我，但从那天起，你却成了我心中的榜样，男子汉的榜样。

在我们之间吹起萧瑟秋风的那一天，我更是永不忘怀。

毕业了，虽然还没有发榜，但是我上高中、你去中专的大势已定，我们要分手了。我们俩靠在江边的栏杆上，月光洒在东去的江水上，波光粼粼，那么好，而你那时却一反常态，只是呆呆地望着江水，一句话也不说。一会儿，你又吹起了口哨，这一次是《同桌的你》，我和着你的口哨，轻轻地哼唱起来："明天你是否会想起，昨天你写的日记……老师们都已想不起，猜不出问题的你……"一曲终了，我感到眼前一片蒙眬，再看看你，眼睛里分明噙着晶亮的泪珠。虽然是炎热的七月，我却感到一阵阵酸楚的秋风直吹到我的心里！

风，在同桌的你的生日前夕，特向你倾诉一下我的心声，有些话，还是首次向你披露的呢！我衷心地祝愿你向着美好的未来，吹起强劲的东风！我衷心地祝愿你生日快乐！

心灵寄语

真正的友情不依靠什么。不依靠事业、祸福和身份，不依靠经历、方位和处境，它在本性上拒绝功利，拒绝归属，拒绝契约，它是独立人格之间的互相呼应和确认。它使人们独而不孤，互相解读自己存在的意义。

杰克的圣诞柚子

冷 柏

9岁的杰克长着一头乱七八糟的褐色头发和一双天使般明亮的蓝眼睛。杰克从记事开始就一直住在一所孤儿院里。那里只有十个孩子,杰克是其中之一。孤儿院的资源非常匮乏,唯一的经济来源就是艰难地、持续不断地向这个城市里的居民们发起募捐活动。

孤儿院里的食物很少,虽然孩子们平时总是饥一顿饱一顿的,但是每到圣诞节来临的时候,那里总是有比平时多一点儿的食物可以吃,孤儿们也比平常要居住得暖和些。而且,这时候,孤儿院里总是笼罩着一种喜气洋洋的节日气氛。当然,最重要的是,这时候,那里有圣诞节的柚子!

圣诞节是一年中唯一一个提供精美食品的日子,每一个孩子都把圣诞节的柚子当做珍宝一样看待,好像在这个世界上,再也没有什么食物比它更好吃。他们用手抚摸着它,感觉着它那又凉爽又光滑的表面,一边赞美它,一边慢慢地享受着它那酸甜的汁水。真的,这是每个孤儿的圣诞之光和他们所能得到的圣诞礼物。因此,可以想象得出,当杰克收到他的礼物时,他将会感到多么巨大的喜悦啊!

可是,在圣诞节的前一天,杰克不慎踩了一靴子的湿泥,而他自己一点儿也

不知道。他从孤儿院的前门走进去，在新铺的地毯上留下了一长串带着湿泥痕迹的脚印。更糟糕的是，他甚至没有注意到这一点。等到他发现的时候，这一切都太晚了。惩罚是不可避免的，而惩罚的内容是出人意料而无情的，杰克将得不到他的圣诞柚子！这是他以前从他所居住的这个冷酷的世界里能够得到的唯一一份礼物。但是，在盼望他的圣诞柚子整整一年后，他却得不到了。

杰克含着眼泪恳求原谅，并且许诺以后再也不会把泥土带进孤儿院里来，但是没有用。他感到一种无助的、被抛弃的感觉。那天夜里，杰克趴在他的枕头上哭了整整一夜。在圣诞节那天，他感觉内心空虚且孤独。他觉得别的孩子都不希望和一个被处以这样一种残酷惩罚的孩子在一起。也许，他们担心他会毁掉他们唯一一个快乐的日子。也许，他在心里猜想，之所以有一道鸿沟横在他和他的朋友之间，是因为他们害怕他会请求他们把柚子分给他一点儿。那一整天，杰克一直待在楼上那冰凉的卧室里。他像一只受冻的小狗一样蜷缩在他那唯一的一条毯子底下，可怜兮兮地读着一本关于一个家庭被放逐到荒岛上的故事。只要杰克拥有一个真正关心他的家庭，他并不介意他的余生在一个与世隔绝的荒岛上度过。

最糟的是，睡觉的时间到了，杰克却怎么也睡不着。他是怎么说他的祈祷词的呢？他在又凉又硬的地板上跪下来，轻轻地呜咽着，祈求上帝为他和像他一样的人们结束世间的一切苦难。

当杰克从地板上站起来，爬回到他的床上时，一只柔软的手摸了摸他的肩膀。他吃了一惊。接着，一个东西被轻轻地放在了他的手上。然后，给他东西的那个人什么也没说，就悄无声息地离开了房间，把不知所措的杰克留在了黑暗里，杰克把手里的东西举到眼前，就着昏暗的灯光，他看到它好像是只柚子！不过，它不是一只又光滑又亮、形状规则的普通柚子，而是一只特殊的柚子，一只非常特殊的柚子。在一个用柚皮碎片拼接在一起的柚壳里，有九片大小不一的柚子瓣儿。那是为杰克做成的一只完整的柚子！是孤儿院里的其他九个孩子从他们自己珍贵的几瓣柚子中每人捐出了一瓣，组成的一只完整的、送给杰克做圣诞礼物的柚子！那一刻，杰克泪如雨下。那是他收到的最美丽、最美味的一只圣诞柚子。

心灵寄语

　　这是一个美丽的故事，任何人看完之后都会被孩子们如水晶般纯洁善良的心所感动，友情是最无私的，也是最温暖人心的。

钢琴上的黑白左右手

凝 丝

这不能怪钢琴盖的支杆不结实，只能怪我的鼻子长得太长……

1983年春天，玛格丽特·帕崔克走进"东南老人疗养中心"，开始了她的疗养生活。

米莉·麦格修是疗养中心的一位细心的员工，当她向玛格丽特介绍疗养中心基本情况的时候，注意到玛格丽特盯着钢琴看的一瞬间，流露出异常痛苦的神情。

"怎么了？"米莉关切地问。

"没什么，"玛格丽特柔声说，"只是看到钢琴，勾起了我的许多回忆……"米莉默默聆听眼前这位黑人钢琴演奏家谈起她过去辉煌的音乐生涯，不禁为玛格丽特残废的右手深感惋惜。

"您在这里稍等一下，我马上就回来。"米莉突然有所醒悟地说。

过了一会儿，她回来了，身后紧跟着一位娇小、白发、带着厚重眼镜的白人妇女。

"这位是玛格丽特·帕崔克。"米莉帮她们互相介绍，"这位是露丝·艾因伯格，也曾是优秀的钢琴演奏家，但现在跟您一样，自从中风后，就没办法弹琴了。艾因伯格太太有健全的右手，而玛格丽特太太有健全的左手，我有种预感，只要你们默契合作，一定可以弹奏出极其优美的作品。"

"您熟悉肖邦降D调的华尔兹吗？"露丝客气地问。

玛格丽特点点头："非常高兴能认识您，我们的确可以试一试。"

于是，两人并肩坐在钢琴前的长椅上。琴键上出现两只健全的手：一只是黑色的手指，另一只是白色的手指。这黑白左右两只手，流畅、协调且很有节奏感地在键盘上跳动。

从那天起，她们经常一起坐在钢琴前——玛格丽特残废的右手搂住露丝的肩膀，露丝残废的左手搁在玛格丽特膝上。露丝用健全的右手弹主旋律，玛格丽特用灵活的左手弹伴奏曲。

她们同坐在钢琴前，共享的东西不只是音乐，除肖邦、贝多芬和施特劳斯的音乐外，她们发现彼此的共通点比想象的更要多得多——两人在丈夫去世后都过着单身生活，两人都是很好的祖母，两人都失去了儿子，两人都有颗奉献的心。但若失去了对方，她们独自演奏钢琴是根本不可能的。

露丝听见玛格丽特自言自语地说："我被剥夺了演奏钢琴的能力，但上帝给了我露丝。"

露丝诚恳地对玛格丽特说："这五年来，你也深深地影响、温暖了我，是上帝的奇迹将我们结合在一起。"

随着时间的推移，她们的演奏越来越完美。她们在电视上、在教学里、在学校中、在老人之家、在康复中心频频露面，备受欢迎，甚至超越了过去的辉煌。因为她们不仅让听众、观众感受到了音乐的快乐，更让听众、观众感受到了爱的力量。

感悟友情

当灾难降临的时候，只靠自己的力量可能无法摆脱厄运。玛格丽特和露丝的故事让我们懂得了：爱能使我们相互扶持，更能在这个世界上创造出伟大的奇迹！

有一种友谊是相互扶持。不需要太多的话语，只是一个鼓励的微笑，一句简单的话语，一个习惯的手势，足矣。

阿 修 罗

碧 巧

有段日子我非常愤激，少年丧母不是每个人都能把它放在心里的。我黑口黑脸，把每一个问起我母亲的人都当作敌人。我在日记里对自己说，当悲剧没发生在自己身上之前，所有人都可以欷歔一把的——不过是哀戚或余悲，他人亦已歌。

我就那样封闭着，像一只流浪狗。谁都难以接近我，狗是会咬人的，而且我是那种尖牙利齿的狗。我自己也觉得沉重和痛苦，也想和别人一样，过着那个年纪应有的生活。可是我好像做不到了。收养我的外婆忧心忡忡，我的班主任找她家访时，她说，怎么办，这孩子竟然没有一个朋友。

班主任是个刚毕业的女孩儿，当时才二十来岁，长得清秀。她找我谈心，讲关于阿修罗的故事。她说，阿修罗是佛经中八种神道怪物之一，阿修罗性子执拗、刚烈，能力极大，凡与之接触者，倘不蒙他喜悦，就必然遭殃。

我打断她，说："我小学时看过《天龙八部》。"

她仍然温柔地看着我，慢慢地说："可我希望你知道，阿修罗在伤害别人的同时，受伤最深的却是他自己。"

我知道她的用心，也明白她讲的道理，可我不能改变自己。我的阿修罗已经长在那里了，连根带刺。

那个时候，除了她，还有一个和我同桌的女生，她叫华，常常找我说话，通常是她说十句我答一句。我记得那是一个冬天的晚自习，休息的时候我一个人到操场，她跟上来，找我说话。我照例有些不耐烦，突然她说："有件事放在我心里很久了，一直想告诉你，我想说出来对你可能会有帮助。"

她说，在那天，在我母亲死去的那天，我没能来上晚自习。当时他们都不知道我为什么没来，所以当和我住同一条街的男同学小田来的时候，他们都问我为什么没来。他们的话音未落，就看见小田伏到课桌上号啕大哭，哭得他们都傻了，以为小田家出了事。小田哭着说："郭葭的妈妈死了。"

华说，她到现在都记得小田说那句话时的样子。小田一直是个沉默少言的男生，成绩也不怎么好，虽说和我同住一条街，但和我这个优等生几乎没说过什么话；我母亲对他而言，只是位和蔼的邻家阿姨。小田说，他那天早上还见过我妈妈，早上还是好好的啊……

华哽咽着说不下去。过了一会儿，华说："我只想让你知道，不是每一个人都拿你的不幸对比自己的幸福；就算有那样的人，也不是全部。小田不是，我也不是，还有很多人都不是。"

我呆住了，想起那天小田在回家路上对我说："郭葭，你以后想考什么大学？"我却冷冷地回答："这和你有关吗？"我清楚地看到他脸上的笑是怎样收住的，我好像一下子心软了，有种平和、温柔的情绪，慢慢浮起。想起班主任说过的阿修罗，我第一次觉得自己做错了。

10年过去了，我从那场悲哀中走过。我和小田一直没有说过什么话，我看着他没能考上大学，接父亲的班进工厂，一年前他下岗了，儿子3岁，上不起托儿所。当我从华那儿听说他想做点儿小生意需要钱时，我便寄给他一笔钱。小田在电话里说了太多感谢的话，他根本已忘了少年时为我母亲的死而号啕大哭的事；我也没提起，只说，我最近发了笔小财，想当股东再赚点儿小钱。

在这个27岁的春天里，我希望我的故事能帮助正在自我伤害和挣扎着的阿修罗们。也许痛苦是不能被安慰的，可是毕竟好过自我伤害。

是娇嫩的花都需要经过风雨的锤炼，关键看你自己能不能站稳脚。大家有没有意识到，丑恶伤害人的时候，人自己本身也是助纣为虐的帮凶。

朋友是碗阳春面

陈文芬

　　那时我算是一名文学爱好者吧，喜欢看看书报杂志，喜欢读三毛的书、席慕容的诗，兴趣来时，就信手涂几句风花雪月的诗自我陶醉一下。很多青年类杂志都刊有征友启事，我找了几个兴趣相投的结交了笔友，衡阳的路丛就是其中的一个。

　　在热情友好的鸿雁往来中，我们以年轻人特有的坦诚畅所欲言，纯洁的友情如潺潺的溪水，在我们的笔下轻轻流淌。我们还互赠了各自最靓的生活照片，彼此都感到平淡的人生因有了这样的朋友而变得如此快乐和美好。

　　这样你来我往地通信大约持续了半年。一天，路丛来信说："阿芬，你们永州离我们衡阳只有4个小时，我好想去看你那里的永州八景，好想看看你，好不好？"

　　"没问题！我随时都恭候你的大驾光临。"我满心欢喜地答应了。

　　一个星期后，可爱的路丛就真的从衡阳风尘仆仆地赶来了。"有朋自远方来，不亦乐乎？"我抽空陪路丛兴致勃勃地观赏了永州八景。

　　到了中午吃饭的时候，我带路丛进了一个饭店，很热情地问他："哎，你喜欢吃什么？别客气！"路丛歪头看了我一下，微笑道："你喜欢吃什么？你先说。""还是你先说吧。"我有点儿不好意思。"女士优先嘛，还是你先说。"路丛依然是一脸的笑嘻嘻。我想到自己为数不多的几张钞票，违心地说："我，我喜欢吃阳春面。""太巧了，我也一样！"路丛居然很兴奋的样子，还反客为主地大叫："店家，来两碗阳春面。"我颇难为情地低下头，唉，谁让我囊中羞涩呢。

路丛看起来是心满意足地走了，而我心里却总有些过意不去。

又通了几年的信，我们渐渐走进了一个崭新的时代。我们的工作和生活受到了时代大潮前所未有的冲击，我们下海了，拖家带口地为生活而紧张地忙碌着，信写得渐渐稀少了。

有一天，我写信告诉路丛："我做了点儿小生意，近日会到衡阳去进货。"

路丛热情地回信："一定要来我处，我娶了一个东北老婆，会做正宗的北方拉面。"

由于各种原因，衡阳之行我拖了大半年才去成，路丛仍是一脸灿烂地迎接了我。我对着他大呼小叫："快快快，去你家，我要好好尝尝我嫂子给我做的东北拉面！"

"还是去饭店吧，我请你吃点儿好的。""不，你说过去你家的。""哦，忘了告诉你，我离婚了，就在这个月，谁叫你不早点儿来，你真没口福。"路丛假装不在意的样子让我有些心酸。"对不起，对不起。"我望着路丛小心地说着，像是道歉。"没关系，我们去吃饭吧。"

"哎，你喜欢吃什么？别客气。"这鬼家伙，还记得我当初的话。我低头正沉思，"你不是又说你喜欢吃阳春面吧？"路丛还是坏笑着看我，"我知道你可能是不喜欢吃阳春面的。""路丛，我……"我欲言又止。"不要说了，朋友，可以理解的，心照不宣嘛，所以那时我也喜欢吃阳春面。"

我含泪又含笑地频频点头。

有时想想，朋友就是那碗阳春面。虽然平淡，但吃下去，让你贴心贴肝，有种真实的满足感。

朋友，是在你人生奋斗中关心你累不累，而不是问你赚多少钱的人。在人生路上朋友的关心与鼓励使我们创造一个又一个的成绩，感谢朋友，感谢在生命中的每一个好朋友。

风雪中走来的老同学

芷 安

　　张老板开了一家建筑公司，那年冬天，他去邻省洽谈一个项目，同时也想顺便看望一下初中时的同学老哈。

　　老哈读书时是班上成绩最差的一个，家里又穷，人也窝囊，所以同学们都不愿和他打交道。初二那年，他的女同桌在一次竞赛中获得了一支很不错的钢笔，可是没过几天，钢笔不见了，大家都怀疑是他偷的，可他死活不承认，硬说冤枉了他，班长就动手搜他的书包，结果真的搜出了那支钢笔，同学们说他，笑他，骂他，他咬着牙没吱声，第二天，老哈就不来上学了。

　　老哈退学后，在村里干了不少偷鸡摸狗的勾当，而且只偷班上一些同学的家，他的名声越来越臭，最后待不下去了，只好在外流浪，几年后在外省一个叫流沙村的穷山沟里做了上门女婿。

　　张老板去看望老哈那天，天不作美，动身不久就下起了大雪。他驾着新车，一路打听，估摸快到流沙村时，前方出现了一个岔道，张老板停下车，不知该往哪条路上走。那会儿雪下得正猛，路上不见行人，附近也没人家，没处打听，他只好坐在车内，等候着过往行人。

没过多久，山间小道上来了个人，那人戴着一顶护耳绒帽，背着个牛仔包，冒着风雪，吃力地向这边走来，一看就知道是打工回家的民工。那人渐渐走近，张老板打开车窗，风雪扑面而来，冷得他直打哆嗦，就在这时，他看清了来人的脸，正是老哈！张老板喜出望外，大叫了一声。

老哈一惊，看了看张老板，没认出来，张老板只好报出自己的名字，老哈很诧异："原来是你，这么冷的天，怎么跑这儿来了？"

张老板把老哈拽进车内，说："来这办件事，顺道来看看你。"老哈不大相信："看我？怎么想起要看我？"张老板说："不管你相信不相信，这些年我经常想起你，只是难得有今天这个机会。"老哈没吱声，突然别过脸去，偷偷地抹了一把眼泪。

一路上，老哈一直很少说话，总是张老板问一句他答一句。快进村时，路口有一个小卖部，老哈下车买了一瓶好酒和几包好烟。

可能山村里很少来小车，车一进村，就引来不少人探头张望。车子开到了两间破房子前，老哈让停下，说这就是他家。这时，很多人围了上来，和老哈打招呼："回来了？"老哈笑着点头，不停地给来人敬烟。他老婆和两个孩子也迎了出来，老婆脸上还挂着两行泪，那是开心啊！

在老哈家吃过饭，张老板要走了，他拿出准备好的2000元钱，塞在老哈的儿子手里，说是做学费用。老哈握紧了张老板的手，结巴了老半天，才说："谢谢你来看我，今天是一个让我永生难忘的日子……"

过了几年后意外的事发生了：张老板在公司经营上接连犯错，一次盲目投资搞开发，亏了好几百万，一夜之间，他成了一个四处躲债的流浪汉，朋友反目为仇，就连老婆也背叛了他。在一个月黑风高的夜里，他潜回家里，将那个男人砍伤，结果锒铛入狱。

入狱几个月后，有一天，管教干警通知张老板，说是有一个朋友来看他，张老板觉得奇怪，到接待室一看，竟是老哈，不过他已经不是以前的样子，西装革履，人也精神了许多，而且肯说话了。老哈告诉张老板，他承包了几座荒山，弄成了一座休闲山庄，日子过得好了。

以后每隔一段时间，老哈就会来看张老板，给他带一些生活必需品。老哈成了张老板生命低谷中唯一的亲人和朋友，可张老板不明白的是：老哈为什么对自己这么好？就因为自己曾不远千里、在一个大雪纷飞的冬天里看望过他吗？

知道这个答案是在两年后的一天，这天是张老板刑满获释的日子，他背着包裹走出高墙，不知道该走向何方，也就在这时，突然发现老哈向他走来，老哈接过张老板的包，指着停在远处的一辆小车说："走，上车吧。"张老板上了车后就问老哈："去哪里呢？你知道我已经无家可归了。"老哈说："去我庄园吧，也是你的庄园。"张老板不解地望着老哈，可老哈却说："你现在的心情我非常清楚，因为6年前，我也是从这里走出来的。"

这倒有些意外，张老板心里不由一颤，想说什么，却让老哈打断了："那天，大雪纷飞，我刑满释放，走在回家的路上，可是我没勇气走进村子，也不知道那个家还接不接纳我。就在这时，你突然出现在我身边，你大老远赶来看我，用小车把我送回了家，为我争足了面子。那时，我就暗自发誓，一定要活出个人样来……是你，让我重新找回了做人的尊严，你是我永生难忘的好兄弟！"

听着听着，张老板已经泪流满面，突然，他哭了："不，你看错人了，我不配做你的兄弟，你知道那年我为什么要去看你吗？是我害苦了你……"

老哈突然停住车，一把握紧张老板的手，说："兄弟，别说了，我知道，不就是一支钢笔吗？你把那支钢笔塞进了我的书包，小时候谁没调皮捣蛋过？过去的事就让它过去吧……"

感悟友情

心灵寄语

　　海纳百川，有容乃大，世界上最宽广的不是大海，而是人的胸襟，责人之心责己，恕己之心恕人。

我们小时候

雪 翠

回忆起我们的小时候……

记得我们刚认识的时候，你是一个跳橡皮筋跳得很好的人，在小花园里玩的人也很多很多，不过，大部分都是你的朋友。而我，和她们很陌生。不过，通过一个幼儿园的同学的介绍，我和你混得蛮熟了。但现在你总说，那时候我都不理你的。不过，我觉得我那时一直和你玩的呀！大概只是不好意思吧！

每天，我都和你一起去吃早饭，通常吃的都是千里香的馄饨。然后，我们就跑到大街上去逛一圈。接着，我们会去你家，有时候会玩些游戏，有时候会一起做作业。但是，做作业的时候我们都一直不停地在聊天。你经常帮我抄写英语单词，而我则帮你写作文。不过，后来听说，我每次帮你写的作文，你们老师都叫你重写了。真是不好意思啊……

记得我小学5年级的时候，老师要我们去考英语等级。于是，我妈逼着我把等级考的书做完，我苦啊苦，有答案放着也不敢抄。于是，你便用荧光笔帮我做那本书，当然，你是瞎选的。呵呵！一个下午，在我家，你就帮我搞定了那本书。妈妈回来检查，很满意地同意让我出去玩。

通常，妈妈放我出来玩的时候，我就乐昏头了。听你说，我以前带着一大群的孩子，在小花园里排着队，也不知道是做什么。好像，还有个人的名字叫草莓是吧？！够搞笑的哦。我们经常是成群结队地在小花园里乱窜，那些房间的管理人员（就几个老头）看到我们也很是头痛。好像，那时候总能找到人玩。

吃完饭，我们仍旧坐在小花园里的健身器上（其实可以当椅子或者床啦！），在天没黑之前，我们会聊天，谈论着一切能说的东西。天黑后我们便一起去抓那只经常在小花园里走动的白猫。然后，我或者你，抱着白猫，另外一个人则躺下来。我通常都帮你抓手手，你就像吸毒一样改不掉这个坏习惯，至今如此哦。你说，这样很舒服。抓着抓着你就睡着了。有时候，我也会睡下来享受一下。每当到了9点或者10点的时候，我妈会准时来小花园找我，把我揪回家去。

偶尔，你也会上我家去玩。晚上的时候，大人都到二楼去看电视了，我们就在楼下的桌子上玩算命的游戏。算出来的结果真的是好笑啊！我们通常玩到很晚还恋恋不舍，每次也都是笑到肚子痛死。现在还记得那时是怎么玩的呢！记得有次，算出来你生了十几个孩子，我的将来则是光头……呵呵！还蛮幼稚的哦，但真的很开心！

就这样，日子一天天地过去。

后来，我渐渐地认识了你身边的一些同学，也和她们成了很好的朋友。她们也可以说是我在小花园这片圣土的同伴。真的，这里真的很好，很纯洁，很可爱，也很善良。每次出去了，还会想回来的地方……

虽然，现在小花园的人少了很多很多，自从我们渐渐不聚在一起玩了，小花园里好像就冷清了很多啊。不过，那份记忆是永远都忘不掉的。虽然那是遗失的美好，但那毕竟是童年最快乐的回忆……

心灵 寄语

儿时的快乐，童年的纯真，是任何人都无法忘怀的。那份无邪，那份幼稚，那份友情，与日月经天一样永恒。虽然有世俗的扰动，有物欲的冲击，但那份记忆，永远会活在心底，一直到老。

友情如歌

人们对男女关系太过于敏感了。祖先们遗留下来的不仅有光辉灿烂的文化，也有愚昧不堪的传统。几千年来，"男女授受不亲"，不知酿成了多少悲剧。我们不仅仅需要婚姻爱情，我们也渴求友谊和纯洁的爱。

友情如歌

沛 南

——告诉我，这世上有什么东西是永恒的吗？

思念如静静燃着的红烛，烛焰摇曳着，将我的心影一忽儿拉长，一忽儿缩短。温柔的黑夜轻轻笼罩下来，间或吹过一阵柔弱冰凉的风，一两片叶儿便如秋天的大蝴蝶悄然坠落。

我的心不由得皱缩了。泪光中，我看到文远询问时疼爱的笑容，泪光中，文远的脸很模糊。

今天是文远离开我的日子，文远，这么大一段日子里，你——还好吗？

文远是我的朋友，我们是在一次春游时认识的，文远有着一双很深很深的眼睛和一颗倔强善良的心灵。关于人生，文远有他自己独特的理解，文远总说"我很落伍"，怎么样？也许就是因为这一点，我们成了很好的朋友。真的，我们很好，我们谈海明威，谈茨威格，谈凡·高……最主要的是，在追求上，我们有着共同的东西。我欣赏文远的那份坚强和肯承担责任的勇气，而文远说，从来没听说过一个女孩子把蝴蝶作为一种追求的，而我很喜欢他所指的其中含义。

谈到蝴蝶，那还是在一次寒假之际，因为刚考完试，大家都比较闲散。我、

萍儿、沙兵，都躲在文远的屋子里一
边烤火一边剥橘子吃。照例总要谈最
近看过的书或电视剧或周围的人和事，
话题不知怎么就转到金钱转到权势转到
班里那个美丽而又狂放的许小丽身上了，
我忽然就说："嗨，我告诉你们啊，我要长成
一只蝴蝶。"当时大家都笑了，沙兵还冲我叫："珠
儿，蝴蝶至少是比较漂亮的吧。"我懂沙兵的意思，我知道自己是一个其貌不扬
的女孩子，可我想沙兵误会了我的意思，我对蝴蝶的喜爱缘自于孩童时代，对蝴
蝶的追求代表着我对一种简单纯净光明生活的追求——与外表无关。

　　几个月后是我的生日，文远送了我一大幅装嵌精美的蝴蝶画片作礼物，文远
还说："你的蝴蝶，给你吧。"我想这就是文远与别人的不同，文远能够很容易
地明白我。

　　依文远的话，他不愿是个坏心的人，所以每次跟文远上街，遇到那些向他
伸手要钱的或老或少的人们，文远总会毫不犹豫地予以帮助，还拉我一块儿加入
进去。后来，我读了一篇小说，写一个女孩儿靠着要饭在农村的家里盖起了一栋
小洋楼，小说大写这个女孩儿一边做出可怜兮兮的样子一边在心里暗笑城里人的
愚蠢，暗想其实自己比这些人都有钱。我就再也不肯做这样的愚人了，可文远不
管这些，逢他没带钱的时候，文远还很理直气壮地伸手从我兜里掏钱递给那些乞
丐，我不肯，文远就对那些乞儿说："瞧这种连妇人之仁都丢掉了的小女生。"
每当这时，恨得我叫着就去打文远。

　　心情不好的时候，我就去找文远。文远总会泡一杯茶给我，然后，就安安静
静地讲好多话给我听，直到我好起来。

　　那段日子，我的生活因为文远的存在而变得安宁单纯。

　　那样的日子持续了很久很久。

　　一直到有一天，我听说文远的父母在闹离婚。因为文远的父亲和另一个女人
在一起了，这还是文远亲眼看见的。我跑去找文远，毕竟，那一年我们才17岁。

17岁的我和文远，都固执而传统地把责任、原则看得同尊严一样重要，而且，文远很爱他的父亲。

我走过去，坐在文远的对面，我不知道要说些什么，可我想我必须说些什么，我要让文远振作起来。后来，文远开始安静下来，说："你知道吗？有时候我真觉得你像我的小妹妹……"说着，文远走过来，捧起我的头，在我的额头上轻轻地吻了一下。文远的吻冰凉而又温柔，没有任何欲念，我还听到文远说"我只是有点儿害怕……"可是，我想我无法原谅自己，我竟然伸出手去，向眼前那张脸抽去。

我已不记得我是怎样走出文远屋子的，从一开始，我就知道我是错的。我知道文远从来都没有过任何别的想法，文远用他的行动告诉了我一如他所言的，相信这个人世间是有着美好与温情的。而我，天晓得我是凭着怎样的潜意识中一种女孩子的虚荣心和自以为圣洁的想法去玷污了文远。

几天之后，文远死于煤气中毒。我想这是上天对我的惩罚，虽然文远的朋友们都说这是意外事件，可我总觉得是因为我，我没办法原谅自己。我亲眼看到文远被抬出来，脸色黑青，和文远同舍的还有两个人，也被抬了出来，而另一个，被送往医院。我没办法原谅自己，文远说"你真像我的妹妹"的时候眼神宁静而温柔。多少年之后，当我冷眼看着别人的逢场作戏自以为是，当我听着人们谈说着感情、道德、高尚的时候，我更加感到文远的可贵。

我打过他的那天之后，文远曾来找我，盯着我看，说："给我一个解释的机会吧。"我想我依然懂文远的意思，可我，以一个女孩子的虚荣仍不肯认错，沉默着不说一句话。

我永远地失去了一位真正的朋友，我不肯原谅自己。我想起了文远送我的生日礼物，可我还配吗？去做那只黑暗中追求光明的蝴蝶？

是的，我不配，文远已经死了，在死前，我给了文远一份深重的伤害和打击，这是铁的事实。几个月之后的一天，我见到了文远的同舍，他已康复，可是，脑神经已经破坏，见了人只是痴痴地看着，面无表情。那一刹那，我忽然热泪盈眶，文远，你还是死了的好。我忽然想起了那首歌："看时光飞逝，我祈祷明天那个小小的梦想能够实现，在我生命中的每一天，让我用生命中最嘹亮的歌声来陪伴你，让我将心中最温柔的部分给你，在你最需要朋友的时候……"

从某种意义上来说，简单就是幸福，也许我应该学会忘却，忘却生命中太多的故事，包括文远，也包括那只蝴蝶。这样，我就会活得比较容易，比较平和，可我做不到，在理想和现实的碰撞中，我忧伤地发现我的蝴蝶正在失去它最初的颜色。

一位哲人说：成长的过程就是不断失去的过程——失去纯真，失去宽厚，失去文远……

一种忧伤的情结如歌穿插过我的双瞳，文远，文远，你现在好吗？

人们对男女关系太过于敏感了。祖先们遗留下来的不仅有光辉灿烂的文化，也有愚昧不堪的传统。几千年来，"男女授受不亲"，不知酿成了多少悲剧。我们不仅仅需要婚姻爱情，我们也渴求友谊和纯洁的爱。

感悟友情

遥远的同桌

秋　旋

　　那一年，10岁的蝶儿跟着老师走进一个新的教室。老师告诉大家，班上来了一位新同学。老师让蝶儿坐在一个小男孩旁边。

　　老师一转身，小男孩就在桌上画了一条三八线。后来蝶儿知道小男孩儿的名字叫军。"我长大是要当一个将军的！"军很骄傲地从眼角看着蝶儿说。那时瘦小的蝶儿便很崇拜军。军长大了一定会是一个将军！蝶儿以前也想当个女兵的，可从来没有想过要当将军。军是蝶儿在新学校里认识的第一个朋友。

　　桌上的那条三八线一直没有被擦去，蝶儿很小心地注意不超过它，但军很快就忘记了，他的手肘总是横到蝶儿这边来。蝶儿和军，同桌了两年。作为一个不漂亮而且木讷的女孩儿，蝶儿在班里几乎没有什么朋友，而军一直是班里男生的头领。

　　但他们俩的关系却很好，甚至总让班里的几个淘气包嘲笑。蝶儿常常害怕有一天军会因此而不再理她，可是军总是一副满不在乎的样子。

　　毕业前的冬天，学校比赛跳集体舞。大家在操场上围成一个大圈子，跳那个"找朋友"的集体舞，一开始，大家都是男找男，女找女。老师说："不可以，这样去比赛是得不到高分的，从现在开始，男孩儿得找女孩，女孩儿得找男孩儿。"

音乐再响起来的时候，大家的脚步就都开始犹豫起来，谁也不肯先停下来。

这一轮里，蝶儿是站在边上等着别人来邀请的，她看着眼前晃过一张张脸，有一点儿漠然，一点儿悲伤，因为她知道不会有人来邀请她。军仿佛是明白她的心情似的，来到了她面前，大大方方地向她敬了个礼，就伸出了手——她成了班里第一个被邀请的女孩儿！她有点儿紧张地把手伸过去。这是蝶儿第一次握男孩子的手，她心里有点儿不好意思：不知为什么她想起她的手上长满了冻疮。而军却满不在乎地握住了，带着她转了个圈，就放开，站在蝶儿原来的位置上，笑嘻嘻地看着她。

蝶儿犹豫了一下，就随着队列往前走去。军无疑起到了带头作用，有人开了头，后面的人便都大大方方地跳起来。那天在蝶儿面前停下的人出奇的多，蝶儿从来没有这样快乐过。

多年后蝶儿偶然想起那首《找朋友》的歌，不由得一怔：怎么会是这样呢？那首歌里唱：找呀找呀找朋友，找到一个好朋友，敬个礼呀握握手，你是我的好朋友，再——见！"什么歌呀，怎么才找到好朋友就再见了呢？"多年后的蝶儿对她的男友说。那次集体舞之后，大家就都忙起来了，忙着人生里第一次重要的考试：考中学。

然后，就是各奔东西。蝶儿和军不在一个学校了，也失去了联络。

有一次，蝶儿去军所在的学校找人，无意中看见了军。军已长得很高大了，正带着一帮男孩子打球。蝶儿在操场边看了一会儿，就走了。她其实很想过去打个招呼，但不知道为什么，她张了张嘴，又合上了，走开了。

后来，蝶儿找借口又去那个学校好几次，但都没有再看到军。

再后来，蝶儿和军都初中毕业了，蝶儿升上高中，军的消息，却从此没有了。

有几次，蝶儿走过军住的巷子——小学时曾经去过的，便会想：军现在怎么样了呢？但始终没有勇气走进巷子。等蝶儿考上了大学，她已经很久想不起军了。那是太久远而灰暗的一段往事，在已经鲜艳的日子里，蝶儿没有时间去回忆了。某个春天的午后，蝶儿从学校回家，路过巷口的时候，远远看见一个小伙子站在街上。

当那小伙子转过脸来时，蝶儿差点惊呼起来：是军！可她终于没有喊出来，军转脸看见了蝶儿，也许是她的表情引起了军的注意，军很认真地看了她两眼，就走过来了，边走边把手向蝶儿一伸。

那一刻，蝶儿的心跳得好厉害！军到了蝶儿的面前，却只说：要烟吗？蝶儿这才发现，军的手上，有好几种烟。蝶儿摇摇头，急忙走开了。她不敢回头，因为那一瞬间她的眼里都是泪。回到家里，蝶儿难过了很久。却不知究竟为了什么——仿佛不仅仅是为了儿时的好友变成了今天这副模样……

从此，蝶儿路过那里时，便时常要张望一番。终于有一天，她在回家路上看到军后，到家就写了一张条子，让妹妹带给了军。条子上只有一句话：还记得你的同桌吗？蝶儿怀着绝望的心情等着妹妹回来。当妹妹进门时，她不知该怎么问才好，而妹妹却只说："那个人看了一遍条子，就收起来了，什么也没跟我说。"

第二天，有人敲蝶儿家的门。蝶儿去开门，门外站的竟然是军！军把手插在口袋里，微笑地看着蝶儿："我还以为你们家搬了呢，原来没有。"

他停一停，接下去说："你变了，比以前可漂亮多了，要是在街上碰见，可真认不出来了。"

"你已经认不出来了。"蝶儿终于笑起来。他们很愉快地谈了一会儿，军就走了。

没过多久，蝶儿搬了家。搬走那天，蝶儿想跟军说一声，就到军常常站的路口看了看，那儿却安安静静的，一个人也没有。

军就这样彻底消失在蝶儿的生活里，蝶儿也终于渐渐不再想起军了。

这个城市开始流行一首歌，叫《同桌的你》。所有的人仿佛都同时怀念起年少时候的同桌来。军有没有也唱起这首歌并因此而想起蝶儿呢？蝶儿不知道，那么多细碎而久远的往事，已经被岁月模糊了。

关于军，蝶儿只记得一个形象，那就是站在她面前，向她伸出手来的情景。而军的面容，却已经不清晰了，只有那只伸向她的手，仍然鲜明着。那是蝶儿第一次握住一个男孩子的手，并且立刻就放开了，因为当时歌里在唱着：再见。就是因为年轻啊。蝶儿常常想起这样一句话，用它来解释很多事情。

心灵 寄语

原来，不是所有的喜欢都很哀伤，也不是所有的友谊都经不起爱情的考验，那些青涩的青春年少的往事，确实让人心动而又难忘。

300美元的价值

佚 名

　　阿伦是我的一个好朋友。但是，说实在的，我并不喜欢和他一起待太长的时间，因为他是一个郁闷的人，如果每次与他在一起的时间超过一个小时，我也会变的闷闷不乐。

　　阿伦过日子精打细算，就像他现在或在不久的将来就要面临财政崩溃一样。他从来不随便扔东西，在闲暇时也从未放松过。他不送礼，不消费，似乎不知道生活有"享受"这回事。

　　他生日那天，我同往年一样，给他打了一个电话。

　　"生日快乐。阿伦。"我说。

　　"人到50岁还有什么可快乐的?"他冷冷地答到，"如果花在人寿保险上的钱又涨了，我可能更快乐一些。"

　　我习惯了他的性格，所以仍然兴致勃勃地与他说了些话，最后提出请他出去吃饭。他虽然不太情愿，但还算给我面子，答应前往。

　　吃饭的地点在一家环境幽静地意大利餐厅。我点了蛋糕，在上面插上蜡烛，又请餐厅安排了几个人给他唱《生日快乐》。

"哦，我的天！"他坐立不安，"他们什么时候才能唱完？"

演唱组唱完生日歌离开后，我送给他一个礼物。

"你在布卢明戴尔店买的？"他看到了包装上的店名，"那里的东西太贵了！你最好把它退回去。你是知道的，那里的东西是骗富人钱的，比实际价格要高出20倍！"

"如果你不喜欢，可以到那个店调换其他东西。"我看着他的眼睛说，"不过，你千万不要像上次那样，把我送给你的生日礼物退给商店，然后把钱还给我。"

"其实你只要给我买一件运动衫就行了。"他说，"既实惠又便宜，最多不会超过15美元。"

"阿伦！"我一时气愤，言辞激烈地说，"你知道，我是你的朋友，我可以为你做任何事，但是我要不客气地告诉你，你这种生活态度与其说是节俭，不如说是自私自利。我有个建议，那对你来说是个艰巨的任务，但是我还是想说出来。明天，你带着这三张百元钞票到你家附近的几个商店转一转，如果你看到一个面容憔悴，衣着简朴，领着几个孩子的妇女，你就对她说你今天交了好运，然后把一张百元钞票塞进她的手里。

"接着，你继续在商店里走，当你看到一个老人显然是由于生活困窘而在为几毛钱与店主讨价还价或者仔细研究价格以便买到最便宜的商品时，你就把第二张百元钞票塞进他的手里并对他说祝贺你交了好运。

"最后一张百元钞票希望你自己把它花掉。不要苦苦想着或许花更长时间，更多精力就能买到更便宜的东西。给自己买点儿真正喜欢的东西，或者去做一次全身按摩，面部护理和足疗。我想，如果你照我的建议做了，你会发现生活是一件很开心的事情。"

大约两个月后的一天，我家的门铃响了，我打开门，看见阿伦笑嘻嘻地站在

我面前。他大声说："我做到了。我按照你的意思花掉了那300美元。你想听一听吗？"

"这真是一次有趣的经历。"他说，急切想与我分享他的故事，"我不知怎么形容那位母亲！太不简单了，要抚养5个孩子，最大的不会超过10岁。还有那位老人，哈！他拿到100美元时的反应就像看到了圣诞老人！"

"最后一张百元钞票你是怎么处理的？"我问。

他举起手，我看他的手腕上戴上了一只新手表。

"我为你感到自豪，阿伦。"我说。

他神采奕奕，高兴地说："我知道你的用意。我长期以来总也快乐不起来，因为我从未真正喜欢过自己。"

"阿伦！"回想起上次我们谈话的情景，我说道，"我让你这样做的时候，可能是有些过分了，但我当时对你实在是很恼火。你想，你拥有的机会和经历的人生，许多人宁愿忍受痛苦和挫折也换不到的。我只觉得如果你更多关心别人珍爱自己，你就会找到快乐。"

我发现，阿伦真的从300美元的价值中认识到了人生的真谛。也许从此以后，他不但享受生活，而且给动物收容所捐过款，还资助了一位贫困的盲人做了白内障手术。我们在一起的时候，有说有笑，常常忘了时间。

300美元不算多，但可以让阿伦找到快乐，找到生活的真谛，其价值将是无价的。其实生活有许多有意义的事情要做，只要用心去发现，就会乐趣无穷！

因歌曲而成朋友

佚 名

从印度来美国读书的第一年，感恩节对我来说只是一个日历本上的红色标记、一个我并不关心的日子。

我盘算着利用感恩节假期来完成拖了很久的论文。此时的校园像是个偏僻的鬼城。走在路上，冰冷的寒风穿透了我在故乡马德拉斯买的大衣，那里的气温从来就没有降到20摄氏度以下。宿舍里还有一个女生——来自委内瑞拉的卡拉，我们在选修课上认识。她建议我第二天与她一起去吃感恩节晚餐。她向我保证，她的房东一定会欢迎多一个人参加。我接受了邀请，这种不受个人情感影响的陌生人聚会似乎比独自度过一个晚上更可取。

做东的是一对35岁左右的夫妇——本是一位建筑师，他的妻子安娜是来自俄罗斯的科学家。我们一边吃着干酪，一边闲聊着。本不时地去查看烤箱。终于他宣布晚饭做好了。餐桌上摆放着美丽的蜡烛、银器和布餐巾，与我通常吃的牛奶比萨饼晚饭相比这可是一顿丰盛的晚餐。当我坐下时，一位老妇人走了进来。安娜介绍说这是她的母亲，刚从俄罗斯来。

这时本非常激动地托着一只大火鸡从厨房走出来，将它放在桌子最前面。

我听说火鸡是感恩节最传统的大餐，但我原先想象着是一碗充满肉汁的火鸡肉块——美国版本的咖喱鸡。本开始切开火鸡，将我的盘子递过来时，我低声说，"我不吃鸡肉，谢谢你。"

卡拉理解地看着我，说："哦，她是素食者。"

餐桌周围一下子陷入了可怕的寂静。然后每个人都道歉：主人因为没有想到来自印度的人是素食者而道歉。卡拉因为忘记事先提醒他们而道歉。我也因为搅乱了晚餐气氛而道歉。很难找出餐桌上最尴尬的人，但我成为了这样的人。当我把甜西红柿舀入盘子时，安娜的母亲问我为什么不吃火鸡。安娜解释说印度人通常是素食者。她点了点头，看着我，然后开始唱道："到处流浪，到处流浪。命运唤我奔向远方，奔向远方……"

听到这首歌，我无比惊讶。这首《流浪者之歌》是20世纪50年代印度电影《流浪者》中的插曲。在家乡，母亲在准备晚饭时经常哼唱，我在洗头的时候也会哼上几句。每次当歌声响起，我5岁的小侄女就会翩翩起舞。安娜的母亲说印度电影当年在俄罗斯非常受欢迎。她曾经与安娜的父亲一起看过4次《流浪者》。当电影中勇敢的主人公拉兹的扮演者访问莫斯科时，她为了见他一面，在机场等了4个小时。她并不会说印度语，但却会唱这首歌。

"流浪者就是我，"我也跟着唱道。"我虽然在地上，我却是天空中的星星。"这是一首很浪漫的二重奏。安娜的母亲唱男声，我用自己最好的假嗓子唱女声。晚餐快结束时，本抱来吉他，唱起《加州旅馆》。这是大家都很喜欢的美国流行歌曲。除了安娜的母亲，我们都知道歌词，在吃南瓜馅饼的时候一起唱了起来。聚会结束后，我和卡拉步行返回宿舍，飘落的雪花是那样美丽。我们俩又哼唱起《流浪者之歌》。

在异乡我收获了最亲密的朋友，同他们一起度过许多温暖的感恩节。然而我的第一个感恩节或许在精神上最接近节日的最初含义。作为这块土地上的陌生人，在欢笑声、音乐声和享用美食的同时，我们成为朋友。一切都因为一首印度电影歌曲，而一位俄罗斯母亲使它得到升华。

心灵寄语

在异乡收获友情，是人生一大乐事。友情没有国界，心灵没有国界，爱没有国界。让世界充满爱和友情。

朋友，是一种别样的温柔

晓 雪

总觉得，有朋友，有了朋友的爱，有了对朋友的爱，该是件十分温柔的事情。有的时候，在灯下念书，会走神，想起一个又一个的朋友，想起许许多多共同经历的事，想起曾经讲过的话，那种温柔会立刻包围你。在这样一个深夜里，会让你迷醉，让你欣慰，让你为之感到快乐。

也许，朋友本不该有那么重要的，可是，朋友又的确那么重要。因为，在我们的生命里，或许，我们可以没有感动，没有胜利，没有其他的东西，但，不能没有的是朋友。那么朋友是什么呢？

是可以一起打着伞在雨中漫步；是可以一起骑了车在路上飞驰；是可以一起沉溺于球馆、酒吧；是可以徘徊于商店、街头；朋友是有悲伤一起哭，有欢乐一起笑，有比赛一起打，有好歌一起听……

朋友是常常想起，是把关怀放在心里，把关注盛在眼底；朋友是相伴走过一段又一段的人生，携手共度一个又一个黄昏；是可以同甘共苦也可以风雨同舟，朋友是想起时平添喜悦，忆起时更多温柔。

朋友如醇酒，味浓而易醉；朋友如花香，芬芳而淡雅；朋友是秋天的雨，细腻又满怀诗意；朋友是十二月的梅，纯洁又傲然挺立。

朋友不是画，可它比画更绚丽；朋友不是歌，可它比歌更动听；朋友应该是诗——有诗的飘逸；朋友应该是梦——有梦的美丽；朋友更应该是那意味深长的散文，写过昨天又期待未来。

朋友，是一种别样的温柔。

朋友的美不在来日方长；朋友最真的是瞬间的永恒、相知的刹那。

朋友的可贵不是因为曾一同走过的岁月，朋友最难得的是分别以后依然会时时想起，依然能记得：你，是我的朋友。

朋友，是一种温柔，一种别样的温柔。

有朋友的日子里总是阳光灿烂、花朵鲜艳，有朋友的岁月里，心情的天空就不再飘雨，心就不再润湿，有朋友的时候才发现自己已经拥有了一切。我们可以失去很多，但不能失去的是朋友。

朋友不是一段永恒，朋友也只是生命中的一个过客，但是，朋友之间会因为随着缘起缘灭而使我们的生命变得美丽起来。

即使没有了将来，可是只要我们拥有了朋友，那又有何惧呢？至少，我们拥有了朋友以及与朋友一起走过的岁月。

有的时候，残缺是一种美，距离也是一种美。

朋友之间并不是说没有秘密，其实，朋友之间要的只是坦诚相待；朋友之间也不必把什么都算得很清楚，否则，又怎么能算是朋友呢？

朋友的相处，不必暮暮朝朝，如醴如饴，朋友之真，是在相视一笑时的心意相通，我们也并不必期望朋友能彻底地了解你，理解你，只要我们都能记住"这是我的朋友"就好。朋友的定义很狭窄也很广泛，只看你如何看待。

朋友之真，其实就是一份自私的情感，就是可以为之心痛，

为之心碎，朋友之间的情感有如亲情又如爱情。

朋友是世界上最美丽的名词之一。

并不是每个人都希望能功成名就，但是每个人都希望能有朋友。

朋友，是一种别样的温柔。

心灵寄语

人活一世，不可能与世隔绝、活在真空中，不可能与身边的人不去打交道。在与人的交往中慢慢地发现某人已经驻足心中，心中就会产生感动和眷恋，还有一份淡淡的牵挂，而且绚丽多姿。此时，自己被一种温馨所包围着，那就是朋友。

孤独时品味朋友的感觉

忆 莲

一个人在家，常常会想起朋友。

晚饭的时候，终于有人来问候我了，原来是我有一个月不见又经常挂念的女友。她叫青，很秀气的，她甜甜的笑如水娃娃般惹人疼爱。第一句话怒气冲冲：你怎么了？这么长时间失踪了？不想见我？哪里敢不想见她啊，她是我的好朋友。在我们这帮女孩儿堆里，大家最爱的就是她那甜甜的笑了。心情不太妙时，你多瞧她几眼，立马阴转晴。真的，看她像在吃刚熟的红富士苹果，听她的声音又像银珠落盘，嗨，她整个人就是一活脱脱的红富士苹果，又香，又脆，又甜。

我顺水推舟，因为我也想念她了，于是我约了她，"明天见……"好让她了却挂念我的心愿。

一个人的时候，自己怎么说都是孤单的，孤单的时候没法不想起朋友，远的近的，大的小的，男的女的，回忆与他们在一起时的情景，你都会像放电影一样，我置身于他们之中，或聆听，或交谈，或争辩，或嬉闹，或畅饮，或怄气……一幕幕贴在眉宇间，也只是在这个时候，让你仿佛不觉得现在孤单。

今天是立秋，夏的炎热没有丝毫撤退的意味，仍然抖弄着它的红斗篷，激怒着如输红了眼的斗牛的人群，人群慢慢失去了斗志，陆续地关起了门，关起了梦，回到各自的家里，因为好多好多的人家都把空调推出来与这个少有的酷夏斗热了。

我也不例外，不再出门，啊，我是一向不愿出门的，在无数个叫今天的日子里，把自己关在家里。

一个人关在屋子里，不开电视，不碰音响，不翻书卷，也不开灯，只坐在开着的电脑前，与屏幕对话。

一个人的时候，我会在坐累了的时候摇摇脑袋，拍拍肩，会在自以为有人与我搭话的时候自言自语；会推开窗，看看天上的星斗，探探有没有风，也会侧耳聆听风铃轻微的声音；瞟一眼主机箱上的蓝色指示灯是否在闪亮着，更会随时地横躺在偌大的床上，让四肢尽量地施展长度，让颈和后背亲吻枕和席……

我想，这个时候，周围不只是我一个人感到孤独，其实孤独又怕什么？孤独，可以更静谧地铺开你的心襟，更轻松地缓解你的思维；孤独可以净化你在热闹的时候丢弃的隽永，可以折叠起你不愿看到的恼人的繁杂；孤独可以让你疲惫的心靠岸，给你身体的每个环节吹吹灰、加加油。所以，有些人，他难得孤独，也就难得修整自己。朋友多了，路好走，这话一点儿不假。

大家在一起的时候，你一言我一语的，都拣随口的话，用不着细思忖，像家人一样，人多了，那情形叫做"瞎胡闹"；人少时，尤其一对一时那情形叫作"唠嗑"；反正有朋友在的时候，有那么一种比家人在时更有韵味，更有磁性，更有灵性的感觉。对我来说，朋友多了，路好走。是指在我一个人的时候，他们让我在回忆中，可以按图索骥，顺脚踏上通往友谊这条道路，他们的挂念是路标，他们的问候是酒，让我在倦鸟已归去时，寻得覆盖我全部生机的交错的闪光点，让我明白，黑夜里有无数的灯，在伴随我。

朋友，是什么人都不能代替的。你家人有家人的长处，有时当你有凄切的难言的苦恼，你不一定会对家人启齿；但你愿意对你的朋友敞心窝子，甚至掏心掏肺，更有多者，在危难之中，会义无反顾地两肋插刀。

这就是肝胆相照！

朋友之间的孤独的滋味，是各不相同的。朋友之间的友情是红色的，它可以让你的快乐与晨曦时的太阳相媲美；朋友之间的恋情又是蓝色的，它可以让你的理想与夜晚的星星相依偎；但在朋友间暗暗地争夺恋情，这种行为便是黑色的了，不管你的战争是悄然的还是公开的，这种战争本身都是枯涩的、残酷的、也是不仁义的，最终，朋友的心会支离破碎，朋友的面具也将随他的灵魂化为灰烬。

这里我斗胆地奉劝天底下的朋友们，最好能在你难得孤独的时候，想想朋友的好；你在一个人的时候，细细品味一下，造就你显赫感的是谁？他们不是你的亲人，恰恰是你身边的朋友。

所以，你没有任何理由，去损伤友谊，这样你才能真正的不孤独。哪怕你是一个人的时候。

心灵 寄语

当你有钱的时候，所有人都来和你称兄道弟；当你没钱的时候，有困难的时候，所有人都离你而去，只有真心真意的才会来帮助你，那就是朋友；当你尽力了却无法帮助到朋友的难处时，真正的朋友不会对你怨声载道，而是反过来安慰你感谢你所付出的力量。真正的朋友不会在意你和其他人聊天而奚落你，因为朋友是信任对方的。

敬　启

　　本书的编选参阅了一些期刊报纸和著作的文字以及图片，由于多种原因我们未能与部分入选文章和图片的作者（或译者）联系。敬请原作者（或译者）见到本书后，及时与我们联系，我们将按国家有关规定支付稿酬并赠送样书。

编 委 会

邮箱：chengchengtushu@sina.com